# Der Fürchtemacher

Heinrich Federer

# Impressum

Autor: Heinrich Federer
Umschlagkonzept: toepferschumann, Berlin

Verlag: tradition GmbH, Hamburg
ISBN: 978-3-8424-6831-3
Printed in Germany

Tucholsky Wagner Zola Scott Sydow Schlegel
Turgenev Fonatne Freud
Wallace Walther von der Vogelweide Fouqué Friedrich II. von Preußen
Twain Weber Freiligrath
Fechner Fichte Weiße Rose von Fallersleben Kant Ernst Frey
Frommel
Fehrs Engels Fielding Eichendorff Tacitus Dumas
Faber Flaubert Eliasberg Ebner Eschenbach
Feuerbach Maximilian I. von Habsburg Fock Eliot Zweig Vergil
Ewald
Goethe Elisabeth von Österreich London
Mendelssohn Balzac Shakespeare Dostojewski Ganghofer
Lichtenberg Rathenau Doyle Gjellerup
Trackl Stevenson Hambruch
Mommsen Tolstoi Lenz Hanrieder Droste-Hülshoff
Thoma von Arnim Hägele
Dach Verne Hauff Humboldt
Reuter Rousseau Hagen Hauptmann Gautier
Karrillon Garschin
Damaschke Defoe Hebbel Baudelaire
Descartes Hegel Kussmaul Herder
Wolfram von Eschenbach Dickens Schopenhauer Rilke George
Darwin Melville Grimm Jerome Bebel Proust
Bronner Campe Horváth Aristoteles Federer
Bismarck Vigny Barlach Voltaire Herodot
Gengenbach Heine
Storm Casanova Tersteegen Grillparzer Georgy
Chamberlain Lessing Langbein Gilm
Brentano Lafontaine Gryphius
Strachwitz Claudius Schiller Kralik Iffland Sokrates
Katharina II. von Rußland Bellamy Schilling
Gerstäcker Raabe Gibbon Tschechow
Löns Hesse Hoffmann Gogol Wilde Gleim Vulpius
Luther Heym Hofmannsthal Klee Hölty Morgenstern
Roth Heyse Klopstock Puschkin Homer Kleist Goedicke
Luxemburg La Roche Horaz Mörike Musil
Machiavelli Kierkegaard Kraft Kraus
Navarra Aurel Musset Lamprecht Kind Kirchhoff Hugo Moltke
Nestroy Marie de France Ipsen
Laotse Liebknecht
Nietzsche Nansen Marx Ringelnatz
von Ossietzky Lassalle Gorki Klett Leibniz
May vom Stein Lawrence Irving
Petalozzi Platon Knigge
Sachs Pückler Michelangelo Kock Kafka
Poe Liebermann Korolenko
de Sade Praetorius Mistral Zetkin

Der Verlag tredition aus Hamburg veröffentlicht in der Reihe **TREDITION CLASSICS** Werke aus mehr als zwei Jahrtausenden. Diese waren zu einem Großteil vergriffen oder nur noch antiquarisch erhältlich.

Symbolfigur für **TREDITION CLASSICS** ist Johannes Gutenberg (1400 — 1468), der Erfinder des Buchdrucks mit Metalllettern und der Druckerpresse.

Mit der Buchreihe **TREDITION CLASSICS** verfolgt tredition das Ziel, tausende Klassiker der Weltliteratur verschiedener Sprachen wieder als gedruckte Bücher aufzulegen – und das weltweit!

Die Buchreihe dient zur Bewahrung der Literatur und Förderung der Kultur. Sie trägt so dazu bei, dass viele tausend Werke nicht in Vergessenheit geraten.

Text der Originalausgabe

Heinrich Federer

# Der Fürchtemacher

# Der
# Fürchtemacher

## Eine Geschichte aus der Urschweiz
### von
## Heinrich Federer

1. bis 20. Tausend

Freiburg im Breisgau
Herdersche Verlagshandlung
Berlin, Karlsruhe, Köln, München, Straßburg und Wien

A. G. 14

## 1.

»Probier noch einmal!« hetzte Bruder Klaus[1] und stemmte die etwas zerknitterten Ellenbogen in den türlosen Eingang seiner Zelle. »Probier doch, ich bin noch gar nicht müde.«

---

[1] Niklaus von Flüe, 1417–1487, der berühmte Schweizer, lebte als mächtiger Einsiedler die letzten zwanzig Jahre im Tobel der Melchaa, dem Ranft. Der Amstaldenprozeß fällt ins Jahr 1478.

Aber der Teufel hatte genug. Er stand in respektvoller Entfernung vom Waldbruder, schlotternd und zerrauft wie ein Hund, der unter die Wölfe geraten ist, und wischte sich ganze Bäche Schweiß aus dem Gesicht. In Gestalt und Tracht eines Landsknechts stand er da, ungeheuerlich groß, mit einem Rumpf wie ein Ochse und mit einem Haupt wie ein Granitblock. Darin brannten zwei große, rotgeränderte Augen in goldgelber, aber besudelter Herrlichkeit. Die breiten und nackten Knie waren wie Kupferschilde anzusehen, und unter den gespornten Stiefeln glomm ein unaufhörliches Räuchlein empor.

Er hatte den Bruder Klaus, um den er als einen besonders gefährlichen Gegner fleißig spionierte, vor kurzem am Schnitzeln eines Gekreuzigten ertappt und ihm alles mögliche geleidwerkt, um das plumpe, aber innige Bild Gottes zu verhindern. Er verdarb ihm das Holz, machte das Messer stumpf, stupste den Künstler, daß er sich in die Finger schnitt. Doch der zähe Obwaldner schnitzelte das Kreuz doch fertig, und boshaft und rachsüchtig, wie selbst Heilige noch sein können, hatte er sich eben heute angeschickt, an den Fuß des Stammes den besiegten Satan zu schnitzen, aber nicht als jene geistreiche Schlange des Paradieses – das ginge noch an –, sondern als eine blöde Kröte, die weder beißen noch stechen, höchstens ein bißchen stinken kann.

Das ging denn doch über alles, was ein Teufel zu schlucken vermag, weit hinaus, und der unterirdische Bursche forderte den Waldbruder stracks zu einem währschaften Hosenlupf heraus. In seiner Wut hatte er ganz vergessen, daß die Obwaldner zu den besten Schwingern der Alpen gehören. Niklaus schürzte unverweilt den langen Eremitenrock, krempelte die Ärmel zurück, und nun gab es ein so großartiges Duell, daß selbst große Ringer Gottes wie der Drachentöter Georg mit Hochachtung von den Wolken her zuschauten, während die Lehrlinge des Satans, die verstohlen aus den Brombeerstauden zuguckten, nach und nach, als ihrem Meister Sehen und Hören unter den Einsiedlerfäusten vergehen wollte, bis aufs letzte Schwänzchen im Boden verschwanden.

»Probier noch einmal!« wiederholte Bruder Klaus.

»Ich danke«, keuchte der unheimliche Landsknecht. »Ein Hosen-lupf ist nur schön, wenn man der Stärkere ist. Du fürchtest mich nicht. Da hat das Fechten keinen Reiz.«

Der Bruder Klaus, gütiger schier als ein Engel, fühlte beinahe Mit-leid mit dem dunkeln Kerl, wie ihm das ganze Gebein knackte und eine ungeheure Trostlosigkeit aus den Augen floß. Und da sagte er im ersten, unüberlegten Erbarmen:

»Sitz dort unter die Föhren und schlaf ein bißchen. Ums Zunach-ten kannst dann kommen und meine zwei Kameraden erschrecken. So krebsest doch nicht ganz ohne Freud in deinen Pfuhl zurück. Wenn ich zum Fenster hinausspucke, darfst du anfangen, den Fürchtemacher zu spielen. Und solange sie dich nicht bodigen, son-dern feig fürchten und paktieren, so lange will ich dein Porträt nicht fertig bauen.«

Der Teufel grinste mit allen Schaufelzähnen eine Art Dankbarkeit hervor und tappte rücklings den Büschen zu.

»Ein Dienst ist des andern wert«, rief er noch aus dem Walde. »Gibst du mir heute etwas zum Lachen, so geb' ich dir morgen eine Scholle zurück, und wir sind quitt.«

Auf dieses dunkle Wort hätte der Klausner gerne sein Verspre-chen zurückgenommen. Aber schon nahten die zwei Besucher, der Landammann und Großbauer Heinrich Bürgler und sein Verwand-ter Peter Amstalden, Landeshauptmann vom Entlebuch. Dieser stickelte lang und braun und keck wie ein Weckenbrot, jener aber rollte so rund, fett und ankengelb wie ein Alpenkäse daher. Er warf kleine, flinke Worte mit einer wahren Kinderstimme in den scharfen und kriegerischen Baß des andern und brauchte zu einem Schritte des Amstalden immer zweieinhalb Schrittlein der eigenen Kurzbei-nigkeit. Aber so verschieden die Vettern waren, dieses Entlebucher Brot und dieser Obwaldner Käse paßten heute wie zu einem Appe-tit und zu einem Bissen zusammen.

Sie gaben sich noch schnell einen Blick wie: Jetzt aufgepaßt! nichts mehr davon – und grüßten dann den Bruder Klaus ehrerbie-tig.

Niklaus war mit Bürgler nicht bloß verschwägert, sondern auch ein volles Jahrzehnt neben dem viel Jüngeren im Gericht gesessen.

Auch mit Amstalden hatte er öfter in Grenzsachen verkehrt. Denn das freie Obwalden und das von der Stadt Luzern unterjochte Amt Entlebuch stießen hoch in der Pilatuskette aneinander. Da oben saßen dann die Hirten und auch Politiker beider Täler oft in den Sennhütten beisammen und erkannten, wie sie nicht bloß von gleicher Milch tranken, sondern auch vom gleichen Blute lebten und also wie Bruder und Schwester zusammen paßten. Nie schied das feurigere Entlebuch von Obwalden ohne den Satz: »Also ausgemacht, wir reißen uns von den Herren und kommen zu euch Bauern. Nur gebet uns unter Schrift und Siegel, daß ihr uns wollt!« Und immer antwortete Obwalden kühl und schlau: »Aber Obacht und abermals Obacht! Was braucht ihr Schriftliches? Ihr kennt unser Ja. Und zum drittenmal Obacht! Die Junker am Fischmarkt haben ein eiliges Beil.«

Davon hatten die Pilger unterwegs gesprochen, der Bürgler immer mit knappen und spitzigen Sätzen, als schlüge er Nägel in ein Brett, indem er auf und ab die Knöpfe an der Weste zählte, als wäre einer zu wenig. Und in einem ähnlichen, versteckten Hunger liefen seine Augen ob den runden Backen her und hin wie zwei graue, lauernde Katzen in einem Fenstergesims. Man wäre über diese Gier erschrocken, wenn nicht ein stetes fettes Lächeln ihr sozusagen ein Samtröcklein, ja beinahe ein Predigermäntelchen angezogen hätte. Peter Amstalden dagegen blitzte aus breiten Schlitzen wütend hervor, sobald man nur »Luzern« sagte, und fand, wenn er einmal angesetzt hatte, des Schimpfens so wenig als des Trinkens ein Ende.

Sie waren unlängst aus der Waadt heimgekehrt, wo beide in der Schlacht bei Grandson mitgerungen hatten, und wollten nun ihrem Vetter im Ranft ein bißchen den burgundischen Trommelwirbel ins heilige Phlegma schlagen und ihm dabei klarmachen, daß er eigentlich in seiner Waldruhe viel zu zahm und ungeschoren lebe. Wenn er nicht Feinde töten helfe, solle er wenigstens die Freunde segnen. Damit wollten sie gemach zur Entlebucher Sache überleiten und ihn dick und dünn überreden, sein gewaltiges Ja in die Schale der Bauern zu werfen, so daß man tröstlich die Rebellion gegen die grausamen Städter wagen und das Entlebuch der Bauernrepublik Obwalden einverleiben dürfe.

Daher paßte es ihnen wenig, daß Bruder Klaus sie nach gar nichts Politischem befragte, sondern sogleich in die Kapelle führte und mit ihnen einen Rosenkranz zu beten begann. Der Bürgler hielt sich leidlich. Aber Amstalden rutschte ungebärdig hin und her, schlug nach den Maikäfern, die sich heuer noch in den Juni hineinwagten und munter durch die Kapelle schnurrten, und beneidete jeden, der wieder zum Fenster hinausflog. Immer mußte Bruder Klaus ihn stupsen, daß er doch zeitig respondiere.

Als das lange Gebet beendet war, sagte Niklaus:

»Heute vor tausend und mehr Jahren hat die Kaiserin Helena das Kreuz auf Kalvaria gefunden. Darum haben wir den glorreichen Rosenkranz gebetet. Nun lasset uns auch noch den freudenreichen beten, auf daß wir auch unser Kreuz richtig finden und fröhlich neben das Kreuz des Herrn pflanzen: . . . Vater unser, der du bist im Himmel . . .«

»Es könnte zu spät werden«, wandte Bürgler höflich ein.

»Wir haben noch einiges zu plaudern, lieber Bruder«, bat Amstalden.

»Geheiliget werde dein Name, zu uns komme dein Reich . . .« Es ging nicht anders, die Haudegen von Grandson mußten sich fügen und nochmals fünfzig Ave Maria sagen. Aber als das letzte Amen erscholl, stand der magere Peter Amstalden schon mit einem Beine auf dem Rasen draußen, ehe der Einsiedler gar noch mit einem dritten Rosenkranz den Psalter vollmachen könne. Im selben Augenblick saß ihm auch schon von weiß Gott woher eine furibunde Ohrfeige auf der Backe. »Schwefel und Feuer«, schrie er, »ist das schon finster! Ich muß wohl eine Tanne mit meinem Schüpfheimer Gupf umgerannt haben.«

Niklaus von Flüe jedoch drohte in die dicke Nacht hinaus: »Das ist gegen die Verabredung!« und der Schwarze, der sich kaum noch zügeln konnte, schob knurrend den Schweif wieder ins Gebüsch zurück. »Beten wir lieber noch den schmerzhaften Rosenkranz«, forderte der Eremit, »um Mut zu fassen und uns an den Schmerz zu gewöhnen. Das Leben besteht ja aus lauter Ohrfeigen. Wer da nicht hiebfest ist, liegt bald am Boden.« Und ruhig scholl es durch die Kapelle: »Der für uns Blut geschwitzt hat.«

Unwillig tastete sich Amstalden ins Kirchlein zurück und betete grimmig auch noch den dritten Rosenkranz mit.

Als die drei endlich in der Zelle saßen, ohne sich freilich ins Gesicht zu sehen, da Bruder Klaus weder Öl noch Wachs brauchte und an seinem Glauben hell genug hatte, suchte Amstalden seinen Ärmel und fragte ärgerlich: »Wundert es dich denn gar nicht, wie wir den furchtbaren Karl schlugen und sein goldenes Nest ausnahmen? . . . Das war kein Spaß. Du saßest ja freilich hier und gafftest den Vögeln Gottes nach und sangst etwa einen Psalm. Doch wir derweil haben geschwitzt und geblutet und dem Tod in die Zähne gegriffen. . . . Wenn wir da erst noch um Mut bei dir psaltern müßten, hopla, da käme unsereiner wohl meist zu spät.«

Der fromme Klaus hatte sich vorgenommen, dem Teufel wegen seiner Wortbrüchigkeit nun auch nicht Wort zu halten, sondern ihn recht verwahrlost in den Stauden sitzen zu lassen. Als nun aber der Peter großhanste, der Bruder könne sich vom Geschieß und Gesäbel bei Grandson keine Vorstellung machen, da hätten sie das Fürchten verlernt, der Jüngste Tag könne nicht besser lärmen, da schwankte der Bruder Niklaus wieder und meinte, es gäbe doch wohl noch Dinge, die mehr Angst machen, als in der offenen Sonne und mit so vielen Kumpanen in einen geschwinden Sieg oder Tod zu laufen.

Das könne er in seiner Klause am wenigsten wissen, ward ihm vorgehalten und weitergeprahlt, wie man neuerdings gen Burgund ziehen müsse, da der Herzog bei Lausanne ein Riesenheer zusammenziehe. Es werde wieder satt Eisen und Pulver zu schnupfen geben. Mehr Mut brauche ihnen der Bruder trotzdem nicht zu erbeten, eher weniger Mut, daß sie nicht gleich das halbe Welschland totschlagen.

Nochmals probierte Niklaus, sie demütiger zu stimmen. Eine Bäuerin zuland, die lange Wochen ohne Kunde vom Manne sei, für ihn melke und mähe und die Kinder ziehe, und wenn ihr oft bleischwer ums Herz sei, von keinem Trompetenstoß und Fahnenflattern wie der müde Soldat erfrischt werde . . . oder eine alte Mutter, die sich ohne Klag' dreinfüge, daß ihr einziger Bub und Helfer als Hinkebein heimstelze: die ständen viel höher im Heldentum als die besten eidgenössischen Raufbolde, welche zudem den Streit mit Burgund, geht's recht geht's schlecht, angezettelt haben. . . . Und dann gäbe es noch schlimmere Feinde als diesen Karl von Burgund, etwa ein Siechbett oder eine klägliche Gefangenschaft oder die Melancholei, die das beste Blut vergälle, oder gar den Feind der Feinde, den Herzog der Finsternisse mit seinen Tücken und Fallen. . . .

Jetzt überlachte ihn der Amstalden hellauf. Heinrich Bürgler aber spöttelte:

»Du wirst uns doch nicht mit Gespenstern erschrecken, lieber Klaus? Das ist für Weiberröcke. Und doch, meine zehnjährige Regine ginge schon nicht mehr auf den Leim.«

Niklaus atmete tief auf, hustete und spuckte zum Fenster hinaus.

»Es war eine so kuhschwarze Nacht wie heut«, beteuerte Amstalden, »als wir bei Gegenwind in den Neuenburger See hinauswateten und nach den Leichen griffen, die mit den Wellen herangeschwommen kamen. Am Tuch und Zottelwerk merkten wir gleich, ob es ein Unsriger oder ein Feind war. Vom einen galt uns der Leib, vom andern das Kleid. Den Rest schmissen wir wieder in die Tinte.«

Bürgler puffte den Plauderer in die Seite. Das hieß: Vom Nötigeren reden! »Ich weiß einen Platz«, half er gleich, »wo es noch dunkler ist als hier. Im Wasserturm zu Luzern!«

»Sakra«, fuhr Peter Amstalden auf, »der steht nicht ewig.«

»Ihr Entlebucher habt zu Grandson fest zu euern Herren gehalten. Kam es keinem in den Sinn, daß ihr da eigentlich gegen einen fremden Tyrannen fochtet für zwanzig Tyrannen daheim? Das fasse ein anderer, ich nicht und kein Obwaldner.«

Rrss – rss – sss! zischte ein Blitz durch die Zelle und zeigte drei Köpfe wie Wachs. Dann polterte es über sie herunter, als falle ein Stück vom Berg in den Tobel.

»So gut hat der Burgunder bestimmt nicht gefeuert«, lachte Niklaus in die betäubende Stille, die nun eintrat.

Die Gäste schnappten nach Luft. Endlich gewann Bürgler Stimme genug, um zu klagen: »O Bruder, schweig mir vom Herzog! Den hauen wir wieder. Aber unsere Herzöge, die einen Adel erlügen und damit auf uns hocken wie Stein! Kaum noch die Nase dürft Ihr Euch schneuzen, Amstalden, die schöne, lange Entlebucher Nase, ohne die allergnädigsten Herren von Luzern um Erlaubnis zu fragen.«

»Gott verdamm's, das Teufelspack!« fluchte Peter.

Ein neuer Blitz halbierte die Zelle wie mit einem dünnen, grünen Strahl von der Decke bis zum Boden, und nochmals donnerte es ungeheuerlich. Man hatte es sausen, wie durch Fleisch und Knochen krachen, Blut spritzen und mit doppeltem Aufschlag niederpoltern hören, rechts wie ein Kopf, links wie ein Rumpf.

»Herrlich ist der Herr«, frohlockte Niklaus, »in seiner Milde als wie in seiner Strenge.«

»Ja, das war ein derber Blitz«, gestand Bürgler ohne Furcht und voll Bedacht in der Richtung, wo Peter sitzen mußte. »Aber ich erinnere mich an noch viel grausigere Blitze auf dem Fischmarkt zu Luzern. Dem Loli Reiner, der so brav durchs Entlebuch jodelte, und dem Heini Rohr, der die besten Bauernwitze wußte, flogen die Häupter vom Gerüst. Sie hatten zu hell gejodelt und zu scharf gelacht. . . . Fischmarkt! He ja, wie stumme Fische kommt ihr und haltet her und verweset.«

Es knurrte und brummte in Amstaldens Ecke wie ein losbrechendes Gewitter.

»Und alles Jodeln und Lachen wird weitergeköpft. 's Entlebuch! . . . sagt lieber: Zu End das Buch, das Freiheitsbuch, wo ihr es doch einst so lustig geschrieben und umgeblättert habt wie wir Obwaldner.«

Nun endlich würgte Peter hervor:

»So ruft uns, so helft uns, so marschiert mit uns!«

»Wie ist das?« bröckelte Bürgler nun gemacher hervor. »Obwalden und Luzern sind laut alten Papieren Brüder. Und ein Bruder darf dem Bruder nicht den Knecht aus dem Haus holen. Aber der Knecht darf aufkünden, die alten Schuhe wegwerfen und einen andern Meister suchen. Das ist dann der Tag, wo Obwalden sagt: Ich brauche keinen Knecht, aber Brüder mag ich immer gewinnen, und wir sind ja Brüder von Gottes und Blutes wegen schon seit Jahrtausenden. . . . Aber euch zuerst locken, euch rufen, euch herüberzerren, das können wir nicht. Die Verfassung, dieses vermaledeite Papier! Was sagst du dazu, Klaus? Zwanzig Jahre hast du als Ratsherr in dieses Elend von Herren und Knechten schauen müssen und gewiß bemerkt und dich oft erbost, wie die Städte uns regieren und auch manchem der Unsrigen den Kopf verdrehen wollen.«

»Es geschieht viel Gewalt«, versetzte Bruder Klaus, »aber noch nie habe ich gesehen, daß Unrecht mit Unrecht geheilt wurde. Und doch weibelt ihr dafür . . . schweiget jetzt lieber!«

»Du bist ein Heiliger und siehst die Dinge heilig an. Aber mit dem Teufel muß man auch verteufelt umgehen, sonst . . .«

Blitz und Donner knallte in einem Krach.

»Die Berge stürzen heut noch übereinander«, rief Amstalden.

»Es wäre besser, die Berge als die Freiheiten fielen zusammen«, gab Bürgler ungerührt zurück.

»Und noch besser die Freiheiten als die Gewissen«, beschloß der Waldbruder. »Als wir die Vögte verjagten, meinten wir frei zu werden. Aber gleich wurden wir selbst Vögte im Thurgau und Livinental und unfreier als je. Gebet nur acht, ihr Melker und Ankler vom Entlebuch, ob ihr nicht freier seid, wo ihr traget, als wo ihr zu tragen gebt.«

Unterdessen war es rasch hell geworden, als regiere ein starker Mond. Man hörte Summen und Schwadern wie von Millionen Maikäfern. Plötzlich schwirrte so ein Insekt zum Guckloch herein. Aber es war durchsichtig und klirrte wie ein Glasscherben. In immer kleineren Kreisen schoß es um die Köpfe herum, toste und hauchte Hitze aus, und die Helden von Grandson bückten sich und zogen die Lederkappen immer tiefer übers Ohr. Aber Niklaus saß aufrecht und prüfte das Tier scharf. Endlich saß es lautlos an der Wand ab und warf dort einen großen gelben Schein um sich. Es atmete rasch und mit dem ganzen glasigen Körper. Rechts und links sprangen die Augen wie Hörner aus dem Kopf.

»Ein lustiger Maikäfer«, spaßte Niklaus.

»Eine Hornisse«, meinte Bürgler. »Die stechen mörderlich. Schlag sie tot, Peter, mit deinem Gurt. Aber vorsichtig!« Er kapuzte sich noch tiefer ein.

Amstalden, von einem unterirdischen Schauder erfaßt, schnallte hurtig den Gürtel ab, zielte und traf, aber prallte wie von Eisen ab. Das Tier schien leise zu lachen, spreizte seine zahllosen Beine fester an die Wand, blähte sich wie eine gallertartige Blase, und seine Hornaugen foppten: Hast nicht mehr Kraft?

»Das geht nicht mit rechten Dingen zu«, lärmte Peter.

»Bist eine Furchtgret«, murrte Bürgler, zerrte unwirsch die Mütze vom Kopf und griff damit energisch zu, wie man einen Schlangenkopf anpackt. »Da hab' ich's! Es zappelt nicht einmal. Horch, wie es kracht.« Er zerdrückte das lebendige Wesen im Leder. »Aus ist der Spuk!«

»Da, da!« stöhnte Amstalden.

Wahrhaft, es klebte am gleichen Platz, breit und mit dem wässerigen Bauch rasch auf und nieder atmend, die langen Zackenflügel gestreckt, dieses widrige Ungeziefer! Draußen im Mondschein surrte und knisterte und klirrte es von Schwaden ähnlichen Getiers.

»Spritz ihm Weihwasser an!« beschwor Amstalden.

Bürgler lief zum Pfosten, wo er das Kesselchen wußte. Aber gleich flog die furchtbare Fliege gegen ihn, sauste wie ein Rad um sein Gesicht, daß ihm schwindelte und er immer ins Leere griff. »Du Höllenvieh«, drohte er böse, »du Brut aus Kot und Geifer . . . ich will dir . . . da . . . da . . .«

»Hihihihih!« lachte es, und zerstoben war alles.

Eine gute Zeitlang redete niemand ein Wort. Dann begann Bürgler sich und den Gespanen einen Hasenfuß zu schelten. »Vor einer Mücke Reißaus nehmen! Sie seien erkältet und fiebern wohl ein bißchen. Das ist alles.«

»St! da kommt jemand«, warnte Niklaus und legte gelassen die Hände in den Schoß. Lange Schritte wie Sensenschnitte rauschten durchs Gras ans Fenster heran. Eine Stimme rief:

»Bruder, verehrungswürdiger, du hast einen Hasen in deiner Küche und einen Fuchs, gib mir einen heraus. Ich habe Hunger!«

»Jag selber!« antwortete Bruder Klaus trocken.

»Was ruft man?« fragte Bürgler. »Rein nichts versteh' ich.«

Aber Peter Amstalden verstand gut. »Bruder Klaus, erbarmt Euch«, flehte er und hielt sich an der Kutte wie ein Kind an der Mutterschürze.

Eine ungeheure Hand packte die Zelle, schüttelte sie, hob sie, ließ sie fallen wie eine Papierschachtel. Bald lag man im Abgrund, und die Melchaa schien über die Decke zu rauschen; bald flog man zwischen Gipfeln, durch Gewölke und Nachtvögel immer höher. Jetzt, jetzt mußte das Hüttlein in hundert Späne zersplittern. Die Gäste schlug es toll herum. Doch Bruder Klaus saß bolzgerade und unbeweglich in der Mitte.

»Jesses, Maria.« scholl es aus der Zelle.

»Hat der Fuchs gebellt?« fragte die Stimme draußen, die alle Nacht füllte.

»Jesses, Maria!« wiederholte Peter Amstalden.

»Aha, nur der Hase!« höhnte die Stimme. »Dann wird weiterspektakelt.«

»Genug für heute!« kommandierte nun Bruder Klaus mächtig hinaus.

Zornig scharrte das Unwesen vor der Zelle und gröhlte: »Aber der Nachtbub kommt wieder, verseht euch wohl, der Spaß ist erst zu Faden geschlagen.«

»Gehen wir auch!« bemerkte Bürgler unwillig. »Nachtbubenstücke! Und wir Männer von Grandson hocken da und zittern und stehlen dem Bruder Klaus überdies seine Gotteszeit. Vorwärts, Peter! Es ist Zeit zum Schlafen.«

»Gottes Liebe mit euch!« grüßte Niklaus. »Aber du, Vetter Fuchs, hast sie zweimal nötiger als du, Vetter Hase.«

»Mach dir nichts daraus!« beschwichtigte Bürgler den erbosten Amstalden im Hinausgehen aus der Schlucht, da alles wieder wie gewöhnlich war: sanfte Juninacht, rauschende Melchaa, stiller Wald und Berg. »Er ist ein Spaßvogel und nüchtern bis über die Ohren. Uns aber lag noch der dicke Veltliner vom Hirschen zu Kerns im Gehirn und phantasierte mit. So konnte der fromme Pfiffikus uns leicht mit einer bestellten Teufelsmaske und etlichen Kniffen eine Weile verstören.«

»Am Ende ist er in seiner Angst und Flucht vor der Welt der hä-
sigste aller Hasen«, fügte Amstalden bei und fühlte in der frischen
Nachtluft die alte, schöne Frechheit in den Schopf fahren. »Im
Kreuz zu Sachseln haben sie sicher noch Licht. Dort spülen wir den
letzten Schwindel herunter.«

»Oder am Ende«, gestand Bürgler zögernd, »könnte er auch ein
Fuchs sein, er in seinem braunen Fell, wer weiß, der Fuchs aller
Füchse. Diese einsamen Grübler zwischen Himmel und Erde . . .
hopla! . . . Ihr . . . du bist wieder da! . . . Hab' ich's nicht gesagt, ein
Fuchs . . . ein vertrakter, lieber, kluger . . .«, faßte er sich blitzschnell.
Denn der Bruder Klaus stand wie aus dem Boden geblasen neben
ihm und bat: »Verzeiht mir die Unhöflichkeit, aber unter Gedörn
und Gewild wird man ein Grobian. Nun lauf ich nach und will euch
doch das dunkelste Stück den Wald hinaus begleiten. Bei meiner
Frau selig Haus findet ihr dann den offenen Weg nach Sachseln
leicht.«

Nach einer Weile, da die beiden ein bißchen geniert und schwei-
gend hinter dem Klausner gingen und kaum bemerkten, daß sein
Gang etwas hinkte und seine Stimme ein wenig anstieß, wandte
Bruder Klaus sich nach ihnen zurück und sagte, als läse er ihre Gedanken: »Werfet die Lumperei von vorhin hinter euch! Ich wollt'
euch erschrecken, weil ihr euch so sehr überhoben hattet. 's war
alles Schein und Spiel. Mein Sigrist half. Nun aber weiß ich, daß ihr
keinen Teufel fürchtet, wenigstens Ihr, Bürgler . . .«

»Und ich erst recht nicht!« verschwor sich Amstalden.

»Und was euch Entlebucher angeht, so zieht denn wohlgemut
gen Burgund, und habt ihr morgen geblutet weit über eure Herren,
dann dürft ihr übermorgen auch sitzen und prangen hoch über eure
Herren, so es noch Gerechtigkeit gibt unter der eidgenössischen
Sonne. So red' ich, Klaus vom Ranft . . . . Hier geht es ums Eck, ihr
könnt nicht mehr fehlen, gehabt euch wohl, liebe Vettern! . . .« Im
Nu war die Kutte verschwunden.

»Warum trug er keinen Rosenkranz am Strick?« dachte Amstalden unter seltsamem Herzklopfen. »Riechst du nichts, Heini? Es
stinkt wie nach verbranntem Haar . . .«

»Oder nach Pulver«, erwiderte unter Schnüffeln der kurznasige Bürgler, »nach dem Schießpulver des Herzogs. Wer weiß, Bruder Klaus ist ein Wahrsager. . . . Schau, schau, dort unten am See hat es überall Lichter! Schlafen die Leut' noch nicht?«

# 2.

In der Tat, als sie um Mitternacht auf den Dorfplatz zu Sachseln kamen, den bachdurchsprudelten, waren noch alle Fenster und Türen lebendig. Zu beiden Seiten des Dorfwassers stand man in Gruppen, schliff und schmierte die Schwerter auf der Friedhofmauer, nagelte die Schuhe unter den Hauslaternen, die Weiber stopften noch Säcke mit Grütze und hartem Spalenkäse und luden sie auf einen Wagen. Der junge, milchfarbene Leutnant Theodor Götschi vom Kreuz, den man den Flinkeler übernamste, sprang, statt über das nahe Brett zu gehen, in einem frechen Bogen über den breiten, vom Gewitter hochgeschwollenen Bach, um die zwei Buben des Sattlertoni anzuschnauzen: »Hü, hoi, die Händ' aus dem Sack! Wo sind die Gäul'? Anspannen! Flink muß alles gehen!«

Leis und elastisch tauchte er bald da bald dort mit raschem Kommando auf, und immer wieder hörte man die hübsche, dünne Stimme schallen: »Hü, hoi, die Händ' aus dem Sack! Flink muß alles gehen!«

Von Sarnen war der Weibel hergelaufen und hatte geboten: Der Karli von Burgund sei von Lausanne heraufmarschiert und berenne Murten. Das Städtlein sei am Umfallen. Von da gehe es an Bern und dann in unsere Berge. Welsche, verdammte Sklaverei! Noch diese Nacht heiße es nach Luzern ziehen. Dort sammle sich die Urschweiz. Erloschen sei aller Span zwischen Stadt und Land in der allgemeinen Not. Alle Stöcke gespitzt, alle Eisen gewetzt!

Pfarrer Hans Burkart schloß die Kirche auf, zündete am Mauritiusaltar alle Kerzen an und sang mit den Kindern und Großmüttern die Allerheiligenlitanei. Der Sigrist Fridolin Mösli lief indessen mit seinem Buben, dem so plumpen, aber auch so klugäugigen Gert, in den Turm an die Seile, und schon begann der müde, alte Theoduli, des Dorfes Sterbeglocke, zu schwingen. »Weg vom Seil«, schrie der Alte und hieb dem Jungen seine tägliche Ohrfeige, »hab' ich nicht gesagt den Maurizi, du allewiger Plumpsack!« Und nun zog er langsam, schön und straff, wie er abends seine einzige Kuh molk, mit der verrunzelten Sechzigerhand an der hohen und lustigen Vesperglocke auf und nieder, während der Knabe an der Backe strich, ein Ade stotterte und sich draußen gemächlich in Reih und Glied stellte.

»Den Maurizi hab' ich gesagt, du Cheibesturni«, brummte der Läuter für sich hin. »Zur Vesper geht es ja, zum Psallieren mit Halpart und Zweihänder: Dixit Dominus Domino meo . . . Setze dich zu meiner Rechten, bis ich deine Feinde zum Schemel deiner Füße lege. . . .«[2]

Hoch über dem Greis lachte die volle Glocke durch die Nacht, und er hörte nun auch, wie sie im schönsten Schritt dorfab zogen, die lieben Sachsler, darunter sein Gert, gleich hinter dem Leutnant, übel montiert und leider immer ein wenig außer Takt. Gern hätte er ihm nachgeschrien: Du, die Ohrfeige war nicht bös gemeint . . . alte Gewohnheit . . . alle Ohrfeigen . . . nichts für ungut. . . . Aber jetzt hieß es die Kraft behalten und läuten, läuten, daß den Männern der rechte Ton im Ohr bleibt bis ins Burgund hinunter.

So zog die Truppe am See hinunter und redete nicht, solange sie die Glocke hörte. Zuvorderst im Zug schritt mächtig Peter Amstalden aus, hetzend und in der Luft fechtend und nur an den beleuchteten Wirtshäusern den Schritt ein wenig verzögernd. Aber zuhinterst folgte mit den Leuten von Giswyl und Lungern Heinrich Bürgler, der Landammann, überschaute die ganze Mannschaft, den Proviantwagen und das nachtrabende Schlachtvieh und sagte hie und da zum Zeugherrn und Kassenmeister Pirmin Ming: »Schnallt die Kiste fester an und gebet sie nicht vom Rücken, bis wir aus dem Luzernischen heraus sind.«

\*      \*

\*

Drei Wochen später stolzierte oder stolperte der Tag der Zehntausend heiligen Ritter über den See und das zerschossene Murten wie ein Betrunkener in den Sonnabend hinein. Die zornige Schlacht hatte ausgetobt. Karl der Kühne floh Hals über Kopf auf irgendeiner einsamen Straße davon. In den vom Regen und mehr noch vom Blute nassen Wiesen sah man nur selten einen Arm oder ein Bein sich aus den Gräsern recken und elend wieder zurückfallen.

---

[2] So beginnt mit Psalm 109 die Vesper.

Im gleichen Gras am schmutzigen Merlacher Bächlein lag der Kreuzwirtsohn Theodor Götschi und schnappte mit aufgestülpter Nase nach Luft. Er fühlte schon nicht mehr recht, welcher Knochen ihm eigentlich zerschmettert sei. Des Sigristen Gert stand ungeschlacht und töricht neben dem Leutnant und ließ die dicke Lippe hangen.

»Da rührt sich noch einer«, lispelte der Verwundete. »Hau zu mit dem Kolben!... Willst du wohl dran!... Hü, hoi, die Hände aus dem Sack! Flink muß alles gehen.«

Gert machte ein Kreuz über seine niedrige Stirn und schlug dem Ritter den Schädel ein.

Etwas tiefer im Ried bei der Hübelischeuer lagen um Weidenstrünke herum die obern Dörfer Obwaldens, Giswyler und Lungerer, und verbanden ihre Verletzten so gut es ging mit kühlem Huflattich, wanden Binsen darum und knüpften die Wämser darüber zu. Mit seinem Schwager Künegger half Bürgler fleißig mit. Da sah er den Götschi oben an der Halde ausgestreckt mit schneeweißem Gesicht und schwarzen Nasenlöchern und trippelte rasch herzu. Ganz verschwitzt und verschafft, wie er war, glänzte doch immer noch sein fettes Antlitz von einer so pfiffigen Fröhlichkeit, daß einem wohltat, nur schon hineinzugucken. Er bückte sich lächelnd über den Erblaßten und erkannte sogleich, wieviel Uhr es da geschlagen hatte. »Schlaf ein wenig, Flinkeler, das ist jetzt das Gescheitere«, tröstete er und schuhte schnell von diesem unprofitabeln Platze weg. Eigentlich versteckte er eine große Wut hinter seinem Lächeln, weil die Entlebucher und die Stadtluzerner so einträchtig auf den Feldern beisammen lagerten. Aller Witz verließ ihn darob. »Wenn ich jetzt nur den einen herzitieren könnte, den Fuchs vom Ranft! Nicht den heiligen, den andern ohne Rosenkranz, den Fürchtemacher und Unkrautsäer. Hier gäbe es Bauernstolz zu säen und Junkerweizen zu mähen wie noch nie....«

»Schlafen, sagt er. Nachher! Jetzt will ich trinken, ich verbrenne vor Durst«, flüsterte der Leutnant mit dem klirrenden »R« aller Götschi. »Wenn das die Mutter wüßt',... die im Keller so guten Wein hat... und ich nicht einen Tropfen rechtes, lauteres Wasser!... Du, Gert, hat der Burgunder keine Feldflasch?... Also denn!... Der trinkt doch nicht mehr daraus.... Hei, wie das wohl tut!... Tiefer halten, tiefer! Hü, hoi, flink muß alles gehen!«

Eine Viertelstunde lag er dann ruhig, die blauen Knabenaugen, die immer noch blauer wurden, in den Himmel versenkt, der auch immer tiefer blaute. »Cheib«, hauchte er noch mit der letzten Ungeduld seines Blutes und wollte sich aufrichten, »wo bin ich denn blessiert?... Du, Sigristenbub, lupf mich auf!... Erst aber sag mir das Gesätzlein vor... weißt, das wir Sachsler beten, wenn der Bach übers Dorf kommt oder die Laui am Stuckliberg hängt... flink!...« Schweißtropfen wie große, helle Kristalle hingen ihm am Flaum.

Gert zerrte am Oberläppchen und stotterte und buchstabierte: »Herre Christ... sei mir... sei mit mir...«

»Hü, hoi... und was... und...?«

»Und... ich spei... in die Händ'... und...«

»Flink, flink... muß alles gehen... spei in die Händ'... So!... oh, das ist ja Blut... schau, wieviel!... Hü, hoi... flink... flinker...« Er zuckte zusammen, steifte die Knie und wurde plötzlich still.

Das wächserne Näschen neugierig gegen den Abendstern gespitzt, lag er da in seinem schönsten, heiligsten Saft, wie ein Stück Schnee mitten in Rosen oder eine weiße, stille Wolke im Abendrot.

»Stirb mir nicht!« heulte der Sigristenbub entsetzt. »Und ich spei in die Händ' und vollbring's... so ist das Gebet... Herrgott, er wird kalt.... Aber jetzt...«

Wie unsinnig spuckte der große Kerl in die Faust, schwang den Säbel und sprang unter die Burgunderleichen. »Wer ist noch nicht tot, wer?« drohte er. Und er mußte in all der Verwesung seinen linkischen und doch so unversehrten und frischen Leib anstaunen und fragen: »Herrgott, die fallen um und verderben wie Fliegen. Doch mir hat seit den Ohrfeigen vom Vater niemand ein Haar gekrümmt. Ist das gut?...«

Um die gleiche Stunde saßen etliche Luzerner am Zaun, der vom Zigerli zum hintern Prehl geht, scheuchten mit den Haselruten die Seemücken von den blutigen Kleidern und lallten wie schlaftrunken vor Müdigkeit. Da saß auch der Entlebucher Landeshauptmann pflichtschuldig neben den Herren am Rhyn, von Wyl, Sonnenberg, den Pfyffern, Zoger und Schürpf. Diese Aristokraten hatten großartig gefochten, auch Philipp Eduard, der puppenhaft zarte und hübsche am Rhynsohn, der sich jetzt scheute, ins feuchte Gras zu sitzen, und seine dünnen Beine auf dem Kittel eines Willisauer Knechts ausstreckte. Sein Haar klaffte in einem breiten Schwerthiebe über dem Wirbel auseinander, war aber gegen die Ohren hinunter wieder sorgsam gestrichen und gesalbt. Es duftete nach burgundischen Pomaden. Der Amstalden riß und stopfte immer frisches Gras in den Hemdlatz. Ihm war von einem savonischen Degen die rechte Brustwarze weggesäbelt.

Endlich trug ein Senne die längst bestellte Milchsuppe her, und alle schöpften mit den gleichen hölzernen Kellen, nur Philipp Eduard hatte einen silbernen Löffel.

»Wohl bekomm's allen zusammen!« segnete Gerold Pfyffer. »Das schmeckt nach der Hasenjagd.«

Dem Amstalden stieg es halb ernst, halb spaßig auf die Zunge, und er mußte herausstoßen: »Nun trinken wir doch einmal aus einem Napf und von einem Geköch, ihr Herren und wir Bauern. Schmeckt also die Milch sauer? Süßer, mein' ich. Guten Appetit, ihr Junker, auch zum gleichen Braten und Kuchen. Denn bald strecken wir unverschämte Bauern die Arme noch viel weiter.«

Der alte am Rhyn zog die Brauen tief, aber der junge ließ den Löffel in die Schüssel fallen, sprang auf und schrie: »Dann sauf ein anderer weiter! . . . Aber, paßt auf, Vater, das ist wieder der Peter, der alte Schimpfer von Schüpfheim.«

»Jetzt hättest du bei einem Haar die schöne Milch versaut«, antwortete Amstalden barsch. Er fischte den Silberlöffel heraus und warf ihn weit über die Köpfe ins Ried. Da ging auch der alte am Rhyn weg. »Nun aber trinken wir weiter«, ermunterte Peter gutmütig und schöpfte gewaltig heraus. Denn nie hatte ihm der Milchbrei so gut gemundet, nicht einmal der fette von seiner Alp bei Sörenberg, und hier war doch mit wenig Butter, aber mit viel Wasser vom Prehlerbächlein gekocht worden.

# 3.

Im Sommer darauf saß der Landeshauptmann Amstalden ein
bißchen antrunken auf der Sörenalp und ließ die wilde Berglerkilbi
wie einen Föhn um seine langen Haare blasen. Ganz nahe ragten
die Giswylerstöcke in den reinen Himmel. Links lief das Wasser
zum herrischen Luzern, rechts ins freie Obwalden. Hier oben, fast in
den Wolken, die keiner Obrigkeit gehorchen, kamen die Grenzge-
nossen gerne zum ungebundenen Alpfest zusammen. In rotweißen
Hosen waren die von Giswyl und Lungern da, alles Obwaldner mit
langen Köpfen, langen Bärten, langen Armen und einem noch viel
längeren Durst. Der Bürgler nur war ein rundliches Männchen. Sein
rotes Apfelgesicht leuchtete im Getriebe der Sennen und Gäste all-
gegenwärtig wie die Sonne. Aber wenn er am sonnigsten lächelte,
dachte er die schwärzesten Sachen.

Alles war so schön geraten in diesem achtundsiebziger Jahr, als
hätte das Burgunderblut die Schweizererde bis zu den Gletschern
hinauf gedüngt. Die Maikäse schwitzten von Fett, das Alpheu duftete wie Weihrauch, die Butterballen waren dottergelb, in den Tä-
lern reifte ein Wald von Obst, und das Vieh gab Milch oder warf
Junge in nie gekannter Üppigkeit; ein Paradies, wenn nur der Haß
gegen Luzern nicht aus jedem Apfelbaum gezüngelt hätte. Aber die
Obwaldner wollten hassen. Bauern wollen die Herren hassen. Gegen Brief und Eid hatte die Stadt mit andern, sogar fremden Städten
einen Herrenbund gegen die eigenen Brüder geschlossen, die ihm
doch einst zur Freiheit verholfen hatten. Den Obwaldnern konnte
Luzern ja freilich wenig anhaben. Sie waren eine Republik so gut
und eigen wie Luzern, aber gottlob Hirtenrepublik, während sich
an der Reuß ein Junkernest gebildet hatte, wo unter einigen volks-
tümlichen Formen ganz wenige die vielen regierten und besonders
die Bauern im Entlebuch als Luzerner zweiten und dritten Grades
mehr und mehr zum Schemel ihrer hochherrlichen Stiefel herunter-
drückten.

Die Obwaldner wollten hassen, und am meisten Heinrich Bürgler. Hatte dieser ehrgeizige Bauernsohn doch erfahren müssen, wie
schwer es sogar im freien Obwalden war, neben den reichen und
alten Landesfamilien emporzukommen und sich zu ihnen in die

obersten Heimatstühle zu schwingen. Aber dieses kleine, arme, geringe Bürschchen kniff die Lippen energisch zusammen, lächelte, schabte und scharrte, lernte nachts nach dem Melken und Dreschen noch mit verschwollenen Fingern schreiben und staffierte dem Kaplan von Bürgeln für etwas Latein das lotterige Häuslein wohnlich aus. Dann nahm er die reiche Infangerin zur Frau, die am ersten Kind, der Regine, starb, ward nochmals Witwer und nochmals reich, redete gern und gut und schlau, machte seine Witze, trug immer Zwilch, half den Kleinen und Untern und lief so nach und nach durch die niedern Ämter in die Kantonsregierung und ward endlich trotz einigen widerstrebenden Herrenbauern, vor allem dem nobeln Landammann Heintzli, so recht von Volkes Gnaden Landammann und Tagherr des Standes Obwalden, ein rüstiger Fünfundvierziger, mit kahlem Scheitel und anhebendem Schmerbäuchlein, gesund, voll gutem Appetit und Lust zu hundert Händeln, dem dann und wann nur die Gicht etwas zu schaffen machte.

Er amtierte famos und tat, als habe er die vielen Bengel völlig vergessen, womit ihm die Einflußreichen im Ländchen den Aufstieg so sauer als möglich gemacht hatten. Man litt und duzte sich ja nun. Aber insgeheim werkte er nun an einem Bengel herum, der nicht bloß in dieses oder jenes hochmögende Bein, sondern in die ganze eidgenössische Aristokratie fahren und allen Geburts- und Erbstolz knicken sollte. Dieser Bengel war das Entlebuch. Wenn eine Stadt wie Luzern sich mit einer beliebigen andern Stadt verbrüdern darf, dann kann auch eine Bauernschaft wie das Entlebuch sich mit einer andern Bauernschaft verschwistern, dann können das Berner Oberland, das Emmental, die Ämter und Vogteien an den Flüssen bis zum Rhein hinunter als echtes, rechtes Bauernblut mit den Älplern der Urschweiz zu einem Leib zusammenwachsen, und was bleibt den Junkern der Stadt noch übrig als ihre kahlen Mauern und ihre leeren Titel?

Groß und schlau war das gedacht und hatte dazu für den Erfinder seine gute Speckseite. Minder klug war, daß Bürgler seine gefährliche Lust und Geschmeidigkeit für die bunteste Treiberei nicht mäßigen konnte und seine Kraft so, statt allein in jene große politische Hauptstraße zu richten, auf hundert sich gar oft kreuzenden Nebenwegen verzettelte. Indessen sorgten die Ereignisse, ja, mit Vergunst gesagt, jeder Kuhfladen im Gras, daß er sein eigentliches

Ziel nicht aus dem Auge verlor. Denn als er zur Beeidigung in die erste Tagsatzung trat, fragte ihn der luzernische Kollege Hasfurter, ob er denn auch den Kuhdreck von den Stiefeln geputzt habe. »Bewahre«, hieb dieser zurück, »Ihr habt ihn ja noch nicht einmal von der Schnauze gewischt!« Von da an hießen die zwei im Volkswitz die Kuhdreckler, freilich mit verschiedener Betonung.

Die Obwaldner wollten, die Entlebucher mußten hassen. Einst hatten sie auf freier Hufe gelebt wie ihre Nachbarn. Aber die graue Spinne an der Reuß spann sie nach und nach ganz in ihr Netz und sog ihnen das Mark und Blut der Freiheit aus. Und nur durch einen Berg getrennt, wohnten Hirten wie sie in voller Freiheit. Daß sie doch mit den Obwaldnern sich vereinigen könnten! Dann wäre ihnen auf immer geholfen. Sie wüchsen um so viel im Bild der Eidgenossenschaft, als Luzern darin abnähme. Und sie wären bei ihresgleichen. Warum doch darf man nicht rebellieren, wenn man der Kleinere, aber sehr wohl, wenn man der Stärkere ist? Warum wird man hier bekränzt und dort geköpft?

So schrie Peter Amstalden auf Sörenalp, und immer mußte Bürgler ihm mit seiner fetten, sachten Hand in den Strubel fahren und sagen: »Trink Milch, Vetter, trink Milch . . . dieser Italiener ist zu stark für dich.«

»Blut will ich trinken.«

»Er hat einen Rausch«, entschuldigte Bürgler lächelnd.

»Von der Burgunderbeute liegt noch alles in der Stadt«, wütete jener unaufhaltsam. »Keinen Schleck davon merken wir. Vom Faß voll französischen Dukaten, vom Wein, von Seiden, Waffen und Schmuckzeug nicht einen Nadelspitz groß werden wir in Schüpfheim sehen. Aber wenn der Schwab oder Lombard kommt, dürfet ihr, liebe Freunde, wieder hübsch eure Knochen herhalten. Weil sie so hart sind! Da halten sie alles aus. Aber gerade, weil sie so hart sind, sollten sie eines nicht aushalten: das Knien und Katzenbuckeln, gerade das nicht.«

»So ein verflixter Piemonterwein«, schimpfte Bürgler lustig in die Horcher, »er fährt einem ins Gehirn wie ein Blitz, und dann redet man so einen Kabis, Verdauliches und Unverdauliches durcheinander. . . . He, Ihr Eichelhannes, jodelt uns was vor, etwas so Altes,

Güldenes, was man vor Zeiten sang, als Obwaldnerisch und Entle-
bucherisch noch eins war!«... Er blickte in eine nahe, helle Wolke
am Grat ganz versunken, als koste er die Melodie schon voraus.

Der Eichelhannes begann leis und scheu. In die Pausen hinein
tobte es weiter unter Amstaldens schwarzen Schnauzzipfeln hervor:
»Und zu allem sollen wir noch auf städtische Ware den Kriegsschil-
ling zahlen ... das Salz auf einmal teurer haben. ... Aufschlag am
Weizen ums harte Drittel ... und für jedes Stück Vieh Standgeld
schwitzen, auch wenn es nur Luzern passiert. Und was sagt ihr vom
neuen Zoll auf die Felle? ... Nächstens kommen die Herren und
zählen uns noch die Flöhe zur Steuer ab ... aber sie selbst sind die
blutigsten. ...«

Der Entlebuchergrimm schwoll unter der Rede wie geschwunge-
ne Nidel hoch. Man hieb gewaltig in den Käse, verschüttete reich-
lich Wein und tanzte auf den Loden im Gras die alten, langsamen
Reigen mehr aus Zorn als aus Fröhlichkeit dreimal zu schnell. Nicht
rasch genug konnte der Eichelhannes dazu fiedeln. Da stürzte ein
Unbekannter daher, es hieß, er komme aus Kostniz, riß die Geige an
sich, zappelte wie ein Tausendfüßler darüber, und nun glitzerte und
brannte der Tanz wie Feuerwerk in die wilde Kumpanei.

Nur Heini Bürgler bewahrte kaltes Blut, schob sich sachte von
Tisch zu Tisch und spendete überall seine doppeldeutigen Sprüche
mit jener fetten, lieben Stimme, die wie Öl zu besänftigen schien,
aber eher wie Öl die Gluten fachte. Er wußte zu gut, daß die Mitre-
gierenden von Obwalden nichts zur Trennung tun dürfen und mö-
gen. Sie sind gar gewiegte, gesetzessaubere Politiker. Aber wenn
das Entlebuch sich einmal fertig macht und in seiner fröhlichen,
frechen Gesamtheit mit allen Lanzen und Seelen ins Obwaldneri-
sche wie der kleinere in den größeren Bach stößt, einen Bach von
gleichem Wasser und Ziel, dann steht eine Tatsache da, die größer
ist als jedes Gesetz. Tinte ist ein starker Saft, aber Blut ist noch viel
stärker und löscht alle Tintengerechtigkeit im Hui aus.

Wie viele Räusche sind an jenem Julitag getrunken worden!

Amstalden und der wilde Geiger geleiteten Bürgler bis zum Sattel
hinauf, von wo man den Sarnersee wie ein großes, seliges Kind in
der Tiefe seiner Obstmatten liegen und kaum atmen sah. Ein paar
Sachsler rasteten dort auf dem Heimweg, unter ihnen Klaus Rohrer,

der Mattli-Ratsherr, ein ehrwürdiger Mann, dessen Schritte und Worte gleich langsam und groß waren. Mit Bruder Klaus war er nahe verwandt und hatte auch viel von seinem Geiste. Mit wenig Mitteln kam er stets ans Ziel!»Du, Heini«, sagte er und köpfte einen faulen Pilz mit dem Holzschuh, »weißt kein Rätsel?«

»Gewiß weiß ich eines: Was wächst am schnellsten?«

»Die Dummheit.«

»Die Dummheit der Bauern? . . . Ich meinte der Hochmut der Herren. Aber du hast recht, unsere Dummheit läuft ihm wie ein braver Hund noch ein gutes Stück voraus.«

»So sagst du«, lehnte der Mattler ab. »Aber nun weiß ich ein anderes: Was wächst am langsamsten?«

»Etwa unsere Langstieler?« scherzte Bürgler.

Klaus verneinte.

»Oder so ein Ahorn wie der da unten?

»Viel langsamer!«

»Dann im Morgenland die tausendjährige Zeder?«

»Nicht witzig ratest du heut. Das Langsamste ist die Freiheit. Nichts braucht so viel Zeit. Man hat daran zu wachsen bis zum Sarg und ist noch nicht fertig geworden. Und du, Heini, meinst, sie wachse den Entlebuchern über Nacht wie ein Pilz. Aber was wie ein Pilz kommt, geht auch wie ein Pilz. Das denket! . . . Du dort, schweig mit deiner Geige!«

»Geig zu, geig zu«, befahl Amstalden. »Nein, lieber Klausi, die Freiheit ist keine Schnecke. Sie kommt wie der Blitz. Fassen muß man sie, wenn die Gnade heiß ist, sonst fällt man gleich ins alte Dunkel zurück. . . . Geig zu, geig zu, das ist deine brave Musik. . . . Aber meine Geige liegt dort unten, das Entlebuch«, fabelte er wild weiter, und das Haar sträubte sich ihm vor Sturm und Stolz. »Es schläft und schläft weiß Gott wie lange schon. Aber ich will der Geigenbogen sein, strichauf, strichab, schnell und schneller, bis sie aufschreit und lacht und tanzt und alles umwirft und alles frei macht. . . .« Seiner Sinne nicht mehr mächtig, packte er den Geiger am Rock und jagte mit ihm ohne Ade und Gruß zur Alpe hinunter.

Wie viele Räusche sind an diesem Jakobitag getrunken worden! Und in jedem Rausche spukte jener famose Spiritus, der im Ranft vorm Jahr so arg koboldet hatte. Er sprühte aus der Fiedel und musizierte aus jedem Glas: Trinket, lebet, rebelliert! Der Wein ist rot, das Blut ist rot, die Freiheit ist rot, alles Schöne ist rot! Trinket, trinket!

Am folgenden katzenjämmerlichen Morgen strichen dem Peter nur noch ein paar Nebelfetzen von dem, was er gestern schwadroniert hatte, durch den Kopf: Wallfahrt der Entlebucher zu Bruder Klaus, daß er ihre Spieße gegen die Stadt segne ... Überfall Luzerns bei Nacht ... Brand und Mord ... Sitzen hoch über die Herren ... ein Entlebuch, das sich selbst regiert. ... Fast mußte er jetzt lachen: Zuwenig haben und zuviel wollen, wie reimt sich das? Er nahm sich vor, täglich einen Schoppen Wein weniger und gar kein Kirschwasser mehr zu trinken. Aber Sternenwirt sein, lustiger Witwer, mit vier trinkfesten Buben und einer übermäßigen Leber ... und nicht trinken!

*     *
*

Bald darauf ging es ans Ernten. Durchs ganze Entlebuch blitzten die Sensen und rauschte das zweite Gras in den geschwindesten und schönsten Tod.

Nach den letzten Räuschen Amstaldens verschwollen sich die alten Brustnarben wieder und brannten und spannten so heftig, daß Peter zur Mahd nicht ausgreifen konnte, wie er begehrte. Er schämte sich darob vor den rauhen Buben und dem Gesinde, aß den Znüni nur ungern mit und übergab seinem Ältesten, Kaspar, für heut und morgen die Aufsicht. Dann zog er sich sonntäglich an und fuhr nach Luzern, wo ihn Fendrich Fankhauser, der Entlebucher Vogt, und Beat Zöllig, ein Viehhändler aus Hitzkirch, wegen eines Gütertausches erwarteten. »Heut hau' ich den zweien übers Ohr«, gelobte er, »im Märzen taten sie's.«

Aus allen Matten am Weg lachte ihm eine wortlose, aber heldenhafte Ernte entgegen und rauchte das herrliche Gras wie ein Opfer gen Himmel. Die Zipfelmützen wehten, die Gabeln wirbelten die Mahd hoch in der Sonne, die Schüsseln klingelten unter den Bäumen, aber die Menschen schwiegen vor Eifer und ließen nur selten einmal ein wildes, herrenloses Juhui entfahren. Peter Amstalden fuhr immer langsamer, so wohl tat ihm das Bild. Er schüttelte den Kopf, kraute sich im Strubel, pfiff durch die Zähne und wiederholte sich: »Was wissen und wollen die eigentlich mehr? Haben sie nicht genug? Wer kann ihnen noch dazugeben? Mehr als genug, sagte der weise Bruder, ist weniger als genug, ist des Teufels. . . . Juhui«, antwortete er einem Knecht, der unter den Birnbaum zur Mehlsuppe lief, » . . . eigentlich kann ich unsern Bürgler nicht verstehen, so einen Dickling, der in Schmalz und Freiheit bratet und doch immer von Sklaverei flüstert. Ja, gar dieses Flüstern! Schreien soll man, laut von der Leber schreien das Gute und das Böse!«

An der Luzerner Kapellbrücke, der gedeckten und mit Tafeln geschmückten, wartete schon Beat Zöllig im Halbdunkel des Abends und winkte. Aber diesmal war er ein Menschenhändler. Er zog den Amstalden freundlich die dunkeln Bretter hinein bis zur Ecke, wo der Gang umbiegt und vom Dach der Bischof Leodegar grüßt, dem die Schergen des Frankenkönigs die Augen ausstechen. »Geblendt mer sechent worden«, stand darunter. Hier umfaßten ihn jählings vier derbe Arme von hinten, eine Mütze fiel ihm übers Gesicht, Handschellen kloben sich in die Gelenke, und es riß und zerrte an ihm vorwärts bis zum Pförtlein des Wasserturms, der an die Brücke gebaut mitten im tiefen, grünen Reußwasser wie ein herzloser Unhold steht. Da stieß man Peter eine feuchte Treppe hinunter. Alles ging atemlos flink, und als der sonst so rasche Mann sich endlich die Augen wischen und zu einer Frage anstrengen wollte, gab es nichts als Finsternis und das Murren der Reuß ums dicke Gemäuer. Er schloß, er öffnete die Lider, aber sah immer nur den heiligen Bischof Leodegar, den die Henker blenden, und die gotischen Schnörkel: »Geblendt mer sechent worden . . .« Dumpf, wild, verstört glotzte er das an, aber verstand nichts. Da gelang ihm endlich ein ungeheurer Schrei. Er schnellte in die Höhe, um all den Spuk zu brechen. Himmel und Hölle, die Füße staken im Pflock, die Hände in Mauerringen. Gefangen, verloren. . . . Jetzt ward auch Peter Amstalden sehend.

Das ist nicht wahr, noch eben stand ich in der Sonne! . . . In grauenhafter Angst stemmte er sich empor, zuckte zusammen, krümmte sich wie ein Reptil, biß in die Kette, heulte, weinte und plumpste klirrend auf die Platten zurück. Gewaltig wie ein Riese focht er so eine Stunde lang. Es tönte, als ringe nicht einer, sondern ein ganzes Land, das gesamte Entlebuch. Voll Schweiß und Blut und Tränen sank er zuletzt in seinem Winkel mit der Nacht und dem Elend in einen schwarzen Haufen zusammen.

Die am Rhyn saßen gerade am Nachtessen, als der Bote den gelungenen Fang und die solide Haft des Empörers meldete. Philipp Eduard hatte seine Braut gegenüber, das bleiche, wunderfeine und ganz verhexte Röseli von Sonnenberg. Er schleckte den Rest der Bratensoße vom silbernen Löffel und fragte bübisch: »Aber die Hand, Vater, hat man sie auch in die oberen Ringe gehängt, weißt, wo sich der Kindsmörder Barthel so elend strecken mußte? Der lange Peter hat ja zu Murten geprahlt, wie weit er damit über Luzern langen wollte. Hab' er's jetzt!«

»Schweig, Laffe«, herrschte ihn der alte Patrizier an, »Gerechtigkeit soll sein, nicht mehr, nicht minder!«

Röseli erschauerte vor den schwarzen Blicken, die der hochgeborne Zierbengel auf diesen Bescheid unnütz in den Boden verschoß. »Sei doch ein wenig milder«, wollte es bitten, »nur ein Zuckerlöffelchen voll süßer, dann bist du noch einmal so herrlich!«

»Frau Mutter«, bettelte indes der Junge artig, »hat es noch von der Soße zu diesen Klößen? Das schmeckt besessen gut. . . . Beinahe wie Entlebucher Blutwürste.«

Schwaps saß ihm eine Maulschelle im Puppengesicht. Die Mutter, eine tapfere und kurzangebundene Pfyffer, rauschte barsch aus ihrer Seide empor und rief dem Küchenjungen: »Ruedi, zünd dem Phili die Kerzen an, er geht sogleich zu Bett!«

Da fing das Bräutchen an zu weinen. Denn es fühlte klarer als je, daß es seinen Philipp nur noch mehr liebe, je härter er sei und je mehr er ihm zu leiden und zu weinen geben werde.

# 4.

Bittere Briefe gingen nun von Luzern nach Sarnen, Briefe voll Höflichkeit und händewaschender Unschuld kamen zurück.

Heinrich Bürgler war gerade am Käsen auf Arnialp, als der Träger von Giswyl die Nachricht vom eingetürmten Vetter heraufbrachte. Er kochte ruhig weiter, indem er mit seinen kurzen, kupferfarbenen Ellenbogen die schönsten Schleifen über dem Kessel zog.

Die Hirten und Sennen saßen abends ums Feuer, während der Vollmond herrlich zur offenen Türe hereinsah, spuckten fleißig in die Glut und stritten, ob man sich nicht zusammenrotten und den lieben Nachbar aus der Falle reißen solle. Landammann Bürgler aber schlug den fertigen Laib Käse ins Linnen, klammerte die Spalen drum, hob den Hundertfünfziger mit einem Arm hoch zur Türe hinaus und lachte: »So was ist rund und süß und vollkommen wie der Vollmond da draußen, aber braucht auch eine Herrgottsgeduld. Hingegen mein armer Vetter selig – jawohl, zu den Toten rechne ich ihn – hat nie gut gekäst. Er zappelte und pressierte und wollte alles mit Gewalt und Hitz erzwingen. Warten konnte er nicht. So gab es kein Rundes und Gesundes. Sein Käsbissen faulte einem schier unterwegs vom Teller zum Mund.«

»Schon, schon«, nickten die andern, »aber . . .«

»Was für eine Trölerei hat er jetzt wohl wieder angestellt, daß sie ihn gleich türmen? Einen Landeshauptmann! Es geht ihm diesmal scharf an den Kragen, da ist nichts mehr zu wollen. Beim Teufel, nun muß wohl auch manch gute Sach' mitbluten. . . . Merkt euch, Buben, pfiffig und geduldig muß man sein, sonst gibt es keinen schmackhaften Käse.«

Er käsete auch die weiteren Tage gemächlich fort und lächelte kostbar zwischen den kugligen Backen hervor, als ein Ratsbote von Luzern bis da hinaufeilte und berichtete, Peter Amstalden sei unter der Folter windelweich geworden und habe ihn und den Künegger als einzige Hetzer und Anstifter der Verschwörung zitiert. »Ihr werdet doch«, hieß es im Schreiben, »solchen Makel nicht auf Euch belassen und seid also höflich eingeladen, vor meinen Herren zu Luzern Euch schneeblank zu reinigen. . . .« Da lachte Bürgler mächtig und rief: »Was fällt euch ein? Wo hattet ihr denn all die Zeit die Augen? Saht ihr wirklich nicht, daß Peter immer angetrunken war?«

»Ja«, riefen die Sennen, »er lief eigentlich immer mit einem kleinen Schwips herum.«

»Schon auch mit einem strammen Rausch«, verbesserte Heini Bürgler. »So verstört und besoffen redete er denn auch. Aber wer gab noch etwas auf seinen Schwatz? Er allein Luzern anzünden! ... Luzern ausrotten! Ist denn eure Stadt nur so ein Spatzennest? Ja, verrückt war er immer, und jetzt tun eure Daumenschrauben und spanischen Stiefel das übrige. Sein Wahnsinn über euch! ... Ha, das paßte euch gerade, zu diesem harmlosen Sünder noch ein paar unschuldige Bauern aufzuspießen. ... Legt andern Fallen, nicht mir!«

Indem er so spottete, fing er die Dickete ins Garn und schwang den Brei aufs Käsbrett. Aber er zitterte, ward unsicher, und beinahe wäre ihm der ganze Schmarren aus den Händen geglitten. Darüber staunten alle.

Jedoch am nächsten Morgen wollte ihm nicht einmal der erste Sud ordentlich geraten. Paßte er denn zuwenig auf? Vergaß er etwas? Oder hielt er das kleine Ohr mit dem goldenen Ringlein zu tief ins sonderbare, wie aus einer fernen Menschenkehle kommende Schreien des Gesöds? ... Wer schrie da von weit, weit her, aus Turmestiefen: »Hilf, hilf ... grausig ist das Loch ... wehtun die Strick' ... ich schwitz' vor Angst! ... Aber du müßtest Angst haben ... durch dich lieg' ich in solcher Not ... du bist der Schuldige ... komm also, stelle dich, verteidige mich, trag' und leid' mit, so dir deine Seel' lieb ist!«

Statthalter Heintzli bemühte sich von Sarnen zu ihm herauf, der noble, weißhaarige Alte mit dem steifen, verhärmten Gesicht, das seit dem jähen Tod seiner zwei Buben nie mehr lachen wollte. »Geht mit mir, Kollega«, keuchte er, »'s gilt die Ehr' des Landes. Zeigen wir der Stadt das Weiße im Obwaldneraug'! Bei glattem Gewissen ist nichts zu fürchten.«

»Ich fürchte auch nichts«, schnitt Bürgler hochmütig ab. »Was sollt' ich fürchten? Und gerade darum lach' ich und bleib', wo ich bin. Keinen Schritt schenk' ich diesem Affen von Luzern. ... Was schaut Ihr mich so an? Zählt Ihr etwa meine sieben Haar'? Um Luzern ist mir noch keins entfallen. Und jetzt«, fuhr er fort und wandte sich zum Kessel, denn er hielt wirklich vor den zwei blauen, schmerzlichen Augen des Greises nicht länger stand, »jetzt bin ich am Käsen und kann wegen einer Narretei nicht davon. . . . Da seht, schon hab' ich mich verschwatzt . . . alle Teufel und Wetter!« Der ganze Brei fiel auseinander.

Da reiste Heintzli allein nach Luzern und reinigte sich mit erhobenen drei Fingern von jedem Verdacht. »Warum ich mich herwage«, sagte er bitter, »wisset ihr, warum der andere nicht, wisset ihr nun auch.« Von da an galt Bürgler als überwiesen.

Noch einmal erging Botschaft an ihn. Der Sigristensohn von Sachseln stotterte sie mit seiner kindsäugigen, rührenden Unbeholfenheit hervor: »Bruder Klaus bitt' und erwart', daß der Herr Vetter dem armen Fründ in der Not tragen helf' und mitlauf' zu Licht oder Asche.«

Dem Heini Bürgler, der übel geschlafen und die schreckhaften Träume in den käsenden Vormittag weitergewoben hatte, mißfiel das Wort Asche ungemein. Aber nicht darum tat er einen so merkwürdigen Schrei, sondern weil die Schotte, die er verkühlte, in faule Blasen zerplatzte und elend in die Nase stank. Fast ward dem Gert übel. Er mußte sich setzen. Aber auch der Bürgler sah grün und grau aus wie das mißratene Gesöd, und sein unfehlbares Lächeln hatte einen falschen Schein. Er bot dem Läufer Brot und fetten Maienkäse. Der wurde rot, zögerte und brockte hervor: »Mag nicht . . . 's tät' nicht wohl . . . ein andermal . . .« Darauf Bürgler verstockt: Er lasse sich gern segnen, aber nicht bemuttern wie ein Gof vom heiligen Vetter im Ranft. Nächsthin woll' er übrigens selber zum Bruder kommen und das Tunliche bereden. Da, nehm' er einen Gulden für drei heilige Messen zu den Schmerzen Mariä.

Als der Landammann wieder allein war, mußte er ins Gras an die Sonne hinausliegen, so sehr fistelte ihn und zupfte und riß die Gicht an allen Muskeln. So früh im Herbst und so barsch war sie noch nie gekommen. »Heini, werd' mir nicht alt«, sprach er sich zu und probierte die Knie möglichst weit auseinanderzuspreizen.

Am Sonntag darauf tagte eine Obwaldner Gemeinde über der heiklen Amstalden-Affäre. Die Weißen oder die Herrenpartei forderten, daß Bürgler mit seinem Schwager Künegger nach Luzern gehe und mit Amstalden konfrontiert werde. Aber die Roten oder Bäuerischen, zehnmal zahlreicher, lehnten ungestüm ab. Die Kläger müßten zum Richter des Angeklagten kommen, nicht diese den Klägern um Gottes willen nachlaufen. Wüst und wild zog man über Luzern los, und aus den verzerrten Gesichtern war zu lesen, daß es keine ärgeren Feinde gebe als Brüder, die sich nicht mehr verstehen.

»Der Bürgler braucht nur zu winken, nur zu husten«, schrie man, »und wir glauben, daß er falsch bezichtet wird.«

Man gemeindete auf Bürglers Sagimatt beim Zollhaus, am obern Seezipfel, wo die würdigen Berge wie Senioren im Halbkreis zuhörten. Dort holpert die Kleine Melchaa nach bösen Abenteuern aus der Schlucht hervor, treibt sogleich eine Säge, wässert eine Wiese und macht dann frühen Feierabend im See. Als nun Landammann Bürgler mit Hallo und Lebehoch zur Tribüne begleitet wurde, da fiel ihm ein, wie er diese Wiese und Säge dem Amstalden einst halb aus Jux, halb im Ernst als billigen Ruheposten zugesagt hatte, wenn das Abenteuer mit Luzern wohl oder übel bestanden sei. Das focht ihn nun wenig an. Aber als er auf das Känzelchen stieg, mußte er zum schwarzen Loch schauen, aus dem der Bach wie aus einem Kerker hervorsprang, sich schüttelnd, vom Licht geblendet und gleichsam bis in den letzten Tropfen vom Ausgestandenen erschauernd.

Und da, Herrgott von Obwalden! standen da in der Kluft nicht zwei Männer? Schattig, hoch, massenhaft wie Bäume wuchsen sie aus dem Abgrund. Der eine glich dem Bruder Klaus, so bolzgerade stand er da und so hilfreich hielt er den andern am Ellbogen. Der aber war abgezehrt und fiel schlaff in die Knie, als wären seine Gelenke gebrochen. Der Kopf mit langem Haar nickte vornüber . . . der Amstalden. . . . Jetzt zeigte Bruder Klaus mit einem Arm, der lang wie ein Ast war, exakt auf das Pültchen und den Mann, der die drei Tritte ersteigen wollte, und winkte ihm . . . in die Schlucht . . . in die Haft . . . in den Tod? . . . Der Landammann sah bald zwei, bald vier Stufen, glitschte aus, stolperte. Ihm brauste das Ohr. Obwohl es Sonntag war, meinte er, die Säge arbeite, kreische, Bretter fielen, schwarze Bretter zu Gerüst und Sarg. Er blieb unten stehen und hielt sich schwer atmend am Gesimse. »Liebe Landsleut, mir ist nicht wohl«, begann er. »Hab' ja noch geankelt um die drei heut morgen und dreißig Kühe gemolken, bin fünf Stunden unterwegs, versteht... und dann diese Hetze der Luzerner, ich bitt' euch!... Drum mach' ich kurz. Erstunken und erlogen ist alles Geschwätz gegen mich.« Er hob die Schwurfinger. »... Im Namen der heiligsten Dreifaltigkeit, ich weiß von nichts.... Ein Todsünder und Verdammter, wer mir's nicht glaubt.... Jetzt macht, was ihr wollt, ich, Heini Bürgler, fürcht' mich nit....«

Er trotzte gegen die Schlucht hinauf. Ach, da standen doch nur zwei Tannen. In frommer Sonntagsstille ruhte das Rad der Säge. Bürgler hatte seine hohe, weiche, süßölige Stimme zurückgewonnen und sprang lachend und leicht wie ein Knabe in den brausenden Beifall des Volkes zurück. Sein Lachen steckte an. Lachten nicht alle Gesichter ringsum, auch der Bach, die Föhren, die ganze Schlucht überlaut? Grinste nicht das gesamte zerfurchte Antlitz der Berge in einem einzigen teuflischen Gelächter? Das schütterte bis in die Einsiedelei des Bruder Klaus. Aber der wetterfeste von Flüe antwortete ins Gehöhn: »Du dummer Teufel, schreib es dir auf die Hörner: Nur wer zuletzt lacht, lacht...!«

# 5.

Sieben Wochen schon war Peter im Wasserturm gelegen, als man ihm am 23. Wintermonat spätabends zum erstenmal weißes Brot und ein Glas Wein auf den Boden stellte und fragte, was er noch zum letzten Nachtessen wolle, Gebratenes und Gebackenes dürfe er haben.

»Ein Stück saubern Entlebucher Käse, sonst nichts.«

Er schnupperte an dem schönen, gelben Stück wie ein Kind, das zuerst riecht, bevor es ißt. Das ganze Entlebuch duftete aus dem Käse, seine tiefen Stuben und braunen Dörröfen, seine Wecken und Bratwürste, die Ratsherrenmäntel und alten, schmalen Kirchen, seine Ställe mit zweigefleckten Rindern, sein Birnenmost, sein Bergheu, seine Alpenrosen, Kuhreihen, Fastnachtstänze und – seine Freiheit! Ach, wie viel Freiheit hatte es noch! Er aber konnte nicht drei Schritte vom Pflock, und morgen lag er, den Kopf zwischen den Beinen, im kurzgehobelten und nicht einmal schwarz angestrichenen Sarg.

Aber er fürchtete sich nicht mehr. Nur die ersten Wochen hatte er feig ums Leben gemarktet. Dann, als alles nichts half und die Folter seine Glieder verdorben hatte, gewöhnte er sich allmählich ans Sterben, wie er sich an die Ratten gewöhnt hatte, die ihm beim Schlafen um die Füße raspelten. Es waren ihrer drei. Zwei davon wurden zutraulich, fraßen ihm aus der Hand und gehorchten, wenn er sie wegwies. Aber die dritte mit den kleinen, giftigen Äuglein kam nie herzu, und es schien, als hielten sich ihre beiden Schwestern furchtsam von ihr ferne. Aber aus dem dunkelsten Winkel wußte sich Peter von ihren grünen Blicken ununterbrochen beobachtet. Ihn graute nach und nach vor ihr. Als er einst von einem bangen Traum aufschreckte, fühlte er ihre kalte Schnauze durchs Hemd nach seinen Narben auf der Brust schnüffeln, die greuliche. Er bekam sie am Schwanz und schleuderte sie voll Ekel an die Mauer. Aber am Morgen lag sie ohne Schaden in der gleichen Ecke und starrte ihn mit den alten boshaften Augen an. Um sie zu kränken, des Teufels Großmutter, wie er sie schimpfte, fütterte er nun die beiden Genossinnen mit besonderer Aufmerksamkeit und schenkte ihnen von den Zwetschen, die der barmherzige Schließer ihm am Leodegaritag heimlich zugehalten hatte. Der andern spie er die Steine an. Folgenden Tags lagen die zwei zerbissen an der Wand, während die Mörderin aus ihrem Schlupf hervorgrinste. Wütend warf ihr Peter mit den entfesselten Armen Kot und Stein an den Höcker. Sie schrumpfte ein wenig zusammen, blähte sich wieder, aber kroch nicht vom Fleck und lag vor- und nachher in aller Behaglichkeit da. Jählings erinnerte er sich an jenes Insekt in der Bruderklausenzelle und wie er damals geprahlt und auf keinen Rat gehört hatte. Da war nun die Bescherung. Es geschah ihm recht. Aber der Bruder Klaus wird ihn nicht im Stich lassen. Sein Wort: Es wäre besser, die Freiheiten fielen zusammen als die Gewissen, ging ihm jetzt wie ein Sonnenstrahl ein. »Das ist's, ja das! Meine Freiheit liegt in Scherben. Dafür steht mein Gewissen aufrecht. Alles hab' ich bekannt und bereut, was ich fehlte, und will's auch ehrlich büßen . . .« Ganz wohl ward ihm trotz der verrenkten Glieder, und er rief: »Dumme, alte Ratte, machst mir Freud', bist mir ein Gruß vom Bruder im Ranft. Ein ander Gewändlein hast, aber das gleiche widerwillige Knechtlein Gottes mußt halt doch sein. Hör' also: Wenn du den Heiligen wieder einmal siehst, so grüß' ihn mir stramm und richt' ehrlich aus, daß ich dich keinen Pfifferling mehr gefürchtet hab', seiest du Horniß oder Ratz oder Geiger oder falscher Klaus oder Junker oder Beil. . . . Das friß in Gottes Namen und diesen Zwetschenstein, du Zwitter aus Staub und Stank!« . . . Das war selbst für einen Teufelsmagen zuviel. Verschwunden war die Ratte.

Aber wie zur guten Antwort drang nun ein warmer Menschenton in dieses von aller Welt abgesperrte Loch. Bruder Klaus grüßte. Und den Gruß eines solchen Übermächtigen durften die Herren, die sonst nicht einmal von den eigenen Kindern eine Silbe zum Vater ließen, nicht totschweigen. »Bruder Klaus grüßt und sagt: Fürchte dich, Peter, aber nicht wie ein Hase der Welt, solche sind Kunegger und Bürgler und verdecken ihr Gewissen vor dem Herrgott und seiner Sonne. . . . Wie ein Hase Gottes fürchte dich . . . fürchte also das Leben dahier in Unmuß und Narretei und allerlei Trug. Lauf, lauf solcher Krankheit davon und freu dich am ewigen Gesundsein drüben, wohin dir am liebsten gleich auf der Ferse folgte: dein Bruder Klaus. . . .«

Nach solchem Segen begann Peter mit Appetit zu essen. Als aller Käse verzehrt, die Suppe ausgelöffelt, aber der Becher Veltliner unberührt geblieben und noch das Letzte mit dem Geistlichen besorgt war, führte man den Entlebucher in das bessere obere Gefängnis, das eine Pritsche mit gutem Laubsack besaß, worauf der Delinquent nach drei Schnäufen schon einschlief. Es war eine lautere und totenstille Nacht wie vor einem Föhnsturm. Auf einmal erwachte Amstalden von einem prächtigen Lärm, der durch die Gitter hereinklang. Dreschten seine Bauern daheim? Hopsten seine Buben im Sternen? Schwang man schon Nidel und jodelte dazu und läutete die schweren Samiklaus Trincheln ums Dorf oder spielten gute Freunde ihm gar einen Abschied vor dem Turm? . . . »Meinetwegen . . .« Er schlief gleich wieder ein und so tüchtig daß man ihn zur Hinrichtung am Morgen fast nicht wecken konnte. Erst als der Büttel ihm auf die Brustnarbe stieß, ward er völlig wach. »Was war das für eine Musik heute nacht? Kamen Entlebucher in die Stadt?« fragte er beim Anziehen des Armsünderhemds. Der Sekretarius Diebold Schilling nickte, aber mußte sich abkehren, als ihm Peter dafür dankbar die Hand bot. Die Hochzeit des jungen am Rhyn ward ja gestern gefeiert und auf Befehl des Frechlings mußte die Musikbande nach dem Gelage präzis am Wasserturm vorbei über die Kapellbrugg johlen und stampfen.

Der Winter war über Nacht hereingebrochen, es schneite und windete schwer über den Fischmarkt, wo das Schaffott stand. Elf Sprossen hatte die Leiter. Amstalden zählte sie und fehlte keinen Tritt. »Nun ist's halt doch so«, spaßte er zum Scharfrichter, »hoch sitz' ich heut über den Herren. . . .« Viel Volk stand unten. Im Schneegeflock und schwachsichtig geworden in der fensterlosen Haft, erkannte er keinen der lieben Entlebucher Musikanten. Drum lachte er alle gleichmäßig dankbar an. Dann schaute er zum Pilatus, und Bitterkeit wollte ihn überkommen. Wie hatte doch der Käse gestern geschmeckt, und wie würde er noch lange schmecken! Und erst der Kuß seines jüngsten Knaben, des vierzehnjährigen wilden Konrad! Und wieder einmal Kilbi auf der Alp dort hinten und Most und Jauchzer und . . .

Hase Gottes, lauf, lauf aus der Narretei!

»Hast recht, du himmlischer Schlaumeier im Ranft . . . bist ja auch aus der Welt gelaufen . . . freiwillig du . . . ich wohl gezwungen . . .

aber nun gern ... ade, ich fürchte nichts mehr ... nun kommt das Schönste und Freieste! ...«

Er wollte den Kopf auf den Eichenklotz legen, da hörte er unten Bürgler! Bürgler! rufen. Und sofort flackerte der grimmige Entlebucher Witz nochmals in ihm auf. Er rutschte sich am Block empor, streckte die Hände mit ihren fleckigen Verbänden über die Dächer gegen Obwalden und rief:»Ein schlechtes Geschäft macht ihr mit mir, Luzerner ... den magern Hasen schlachten und den fetten Fuchs laufen lassen. ... Aber eineweg schrei ich: Bürgler, Bürgler, wer forcht sich zum End, du oder ich?«

Als dann das rosige Entlebucherblut in den Schnee tropfte, rief ein Kind, ein ganz verwirrtes:»Der Schnee brennt! der Schnee brennt!« Und wirklich, mehrere Junker wie die Brüder Pfyffer, der Hasfurter und der alte am Rhyn, die mit einem erfrorenen Herzen hergekommen waren, trugen jetzt ein kleines Feuer heim. Und in dieser hübschen Seelenwärme beschlossen sie in der nächsten Sitzung des Kleinen Rates, dem Entlebuch nicht den jungen am Rhyn, wie schon abgemacht war, sondern den milden und besonnenen Ruedi Ambühl zum Landvogt zu setzen und auch Salz, Mehl und die Elle Leinen im Ausmaß um drei Angster billiger abzugeben.

Um die Zeit war es, daß Bruder Klaus wieder ein hübsches Stück an der Kröte weiterschnitzelte. Aber bald ward das Messer stumpf. Es ist noch nicht Zeit, dachte der Kluge und legte geduldig das Werkzeug beiseite. Der Fürchtemacher aber zeigte sich nirgends. Er hatte sich in den Schatten des Heinrich Bürgler verkrochen.

44

# 6.

Die Tagsatzung zu Schwyz sollte beginnen. Als Landammann Bürgler, der Gesandte Obwaldens, mit dünnen Backen und merkwürdig zappelig an den Luzerner Kollegen vorbei zu seinem Sessel eilte, spuckten sie ihm vor die Schuhe, zogen die Hüte an und gingen hinaus. Mit einem Landesschuft tagten sie nicht unter einem Dache.

Bern, Zürich, Glarus und Zug erhoben sich kühl und maßen den Obwaldner mit unwilligen Augen. »Habt ihr denn keinen Passenderen?« fragte Hans Waldmann schlankweg. Irgendwoher schwirrte ein »Feigling!« an Bürglers Ohr. Dennoch wollte er sich durchaus auf den breiten, von Ehren und Behaglichkeit warmen Tagherrenstuhl niederlassen. Gott! da lag ein Totenkopf auf dem Polster und vom Schädel grinste die Aufschrift: »Grüß Gott, Vetter!«

Bürgler verzog sein verblichenes Gesicht zu einem Lächeln und sagte: »Das ist ein Witz vom Jost Pfeffer, aber so dürr wie der Schädel. . . .« Er trug den Totenkopf auf den Luzernersitz. »Da ist dein Posten. . . . Da schrei, lieber Peter!« rief er. Das half. Für heute triumphierte er nochmals.

Dennoch war ihm fortan in diesen Sälen nicht mehr geheuer. Regelmäßig protestierte Luzern und ging hinaus. Wiewohl man ihn schicklicherweise ansprach und beriet und stimmen ließ, fühlte er doch, daß er nur geduldet sei, und wem er die Hand bot, berührte sie kaum mit zwei Fingern. So heiß, wie er sich einst in diese Räte gesehnt hatte, wünschte er sich jetzt mit Anstand hinaus.

Es begegnete ihm nun häufig, daß er nachts um die eins oder zwei schon nicht mehr schlafen konnte. Dann ging er leis am Tochterbett vorbei in die Stube und schaute in den nahen Bergsee von Lungern, der ihn mit schwarzen unbewegten Augen anstaunte, und faselte zuletzt: »Peter, laß mich endlich in Ruh! Zum Fürchten bringst mich doch nicht!«

Es stand ein Apfelbaum vor dem Fenster. Am selben Morgen, da es ums Schafott Amstaldens so heftig geflockt hatte, knickte ihm ein Schneewirbel die Krone ab. So schien der Baum nun ein ins Ungeheuerliche gewachsener Amstalden, der ihm Tag und Nacht in die

Stube dräute. Er hätte ihn gerne gefällt. Aber ein seltsamer Aberglaube sagte ihm, wenn er den Rumpf da mit der Axt nur leis berühre, würden die unheimlichen Dinge ihm noch viel härter auf den Nacken sitzen.

»Willst du den Kopf wieder haben?« fieberte er in die Stille hinaus. »Warst doch immer ein kopfloser Bursche. Da war nichts zu verlieren. . . .« Aber dieser Kopflose folgte mit einer gefährlichen Gescheitheit hinter ihm her, wo er stand und ging.

Indessen schwoll bei der Ruhe vor äußern Feinden der Streit zwischen den Städten und Ländern immer höher an. Bereits putzte man das Burgunderblut von den Schwertern, um das eidgenössische zu vergießen. Der Brudermord, mehr noch, der Selbstmord der Schweiz stand bevor. Bürgler schürte den Haß der Bauern. Von ihm lebte er und erhielt sich in Würde und Kraft. Er lief durch alle Dörfer der Urschweiz und predigte laut und leise, es gäbe kein Heil, bis die Bauernfaust die seidenen Stadthosen und den seidenen Stadtstolz in Fetzen gerissen hätte. Gerne malte er sich dann aus, wie er mit den siegreichen Giswylern oder Sachslern in Luzern einzöge, die Richter Amstaldens in den gleichen Wasserturm würfe, und wo der arme Peter verblutete, ihm eine Säule oder eine Trostkapelle stiftete und so vor der ganzen Welt gerechtfertigt erschiene. Wie ein Fuchs schuf er im unebenen Boden der Eidgenossenschaft Gänge und Fallen und merkte vor Überschlauheit nicht, daß ein viel größerer Fuchs ihm allerorts fleißig Gegenminen und Gegenfallen grub. Sooft nämlich Bürgler Schwert sagte, sagte Bruder Klaus Kuß; sooft jener Krieg schrie, sang dieser Friede ins Land; für einen Boten Bürglers, der mit Gift und Galle hausierte, gingen zwei Boten vom Ranft und teilten die Milch der Liebe aus. Von Luzern zur Einsiedelei eilte oft eine erregte Post, aber ebensooft kam sie gelassen und fromm zurück. Endlich zu Stans am winterlichen Thomastag 1481, als die Schädel der Eidgenossen noch einmal grob genug aufeinandergestoßen waren, so daß es ein wahres Nüsseknacken gab und der Ratschreiber Schilling die schöne, zweihundertjährige Schweizerfrucht bereits mit Schale und Kern vernichtet sah, wehte wie etwas Himmlisches der Gruß und Spruch Bruder Klausens in die zerfahrene Stube und zeigte unfehlbar, wie die harte und doch so süße Schweizernuß ebensogut flußab die Städte hinunter wie in den blauen Schatten der Urirotstöcke hinauswachsen könne; daß man ihr überall Erde und Sonne lassen müsse, sie nicht in gar zu geizige Schnitztröge für wenige Brüder verriegeln, aber auch nicht zu weit über ihr eidgenössisches Geviert hinaus zu Markte tragen dürfe. Ob solcher Einsiedlersprache fing es im alten Saale an wie Nußbaum zu rauschen und zu duften und das hartentwöhnte Wort Bruoder und Fründ wie Nußkern auf Bauernlippe und Junkerlippe zu schmecken. Man sah sich in die Augen bis auf den ersten Grund. Ach ja, gleicher Ursprung, gleicher Granit, gleiche Muttermilch, gleiches Hirtenblut! Als man schied, zum zweiten und ewigen Male Brüder, da schien es, als läge schon die Weihnacht auf allen Gesichtern, und solcher Glanz herrschte die verschneiten Berge nach dem Ranft hinauf, als hätte das Christkind schon an jeder Tanne ein paar Kerzen angezündet.

Indem nun durchs ganze Land die Glocken läuteten, begann Bruder Klaus munter am Krötentier weiterzuschaben. Wieder gelang ein Stück, fast bis zum Schwanz. Dann versagte der Stahl. »Wir können warten«, sagte Bruder von Flüe gelassen, raffte die Kutte hoch und ging zu Bruder Ulrich den Berg hinüber, daß er ihm den Schleifstein leihe und dabei von seinen Pilgerfahrten nach Rom und Compostell etwas Erbauliches in die Seele plaudere.

# 7.

An einem warmen Septembertag, als das Vieh eben in straffer und blanker Fülle von den Voralpen gestiegen war, sah man Heinrich Bürgler mit zwei Knechten einen stattlichen Zug Ochsen und Rinder zum Land hinaus gen Italien treiben. Die Sachsler traten vor die Türen, nicht weil einer der Treiber ihr Sigristensohn Gert Mösli war, sondern um den noch immer wohlbemerkten Landammann achtungsvoll zu grüßen und sich von Aug zu überzeugen, ob er denn wirklich so dünn in den Hosen stecke und nur noch mit den Backenknochen lache. Er grub den Kahlkopf in die Achseln und schien im dicksten Lismer noch zu frieren. Die Dörfler wünschten ihm einen guten Tag so leis und sorglich wie einem Kranken, der den Abend nicht mehr sieht. Schad um ihn, klatschte es nach, den lustigen, guten Ratsherrn! Aber da hilft nichts mehr. Der Amstalden hat ihn am Bein und zieht ihn in den Boden.

Bürgler, zeitlebens ein Quecksilber, stürzte sich nach dem Zusammenbruch seiner Bauernpolitik und da er einmal keine runden, reifen Käse mehr zuwege brachte, drunten im Mailändischen in mancherlei Geschäfte und Zwischenhändel, die nicht immer gut rochen, um in so großer äußerer Unruhe die noch viel größere innere zu beschweigen. Neben einem famosen Kuhhandel auf der Piazza del Bestiame betrieb er sozusagen einen feineren zwischen Lodovico Moro, den Borromäern in Como und den Sittener Domherren. Das bunte Intrigieren unter welscher Sonne und Pfiffigkeit heiterte ihn auf. Aber als es winterte im ungeheizten Mailand, saß er gern wieder daheim auf der Ofenstiege und hörte dem Krachen der Scheiter zu und ließ sich von seiner Tochter Regine, einem wahren Holdrio von Mädchen oder besser Buben, bald dies bald jenes Süpplein reichen, ohne daß ihm eines mundete. Sie schmetterte die Türen auf und zu, ritt das Stiegengeländer hinunter, schüttelte den Schnee von den Bäumen sich und andern in den Hals, pfiff wie ein Roßknecht und rannte siebenmal in der Stunde zum Vater: er solle mit ihr einen Hopser durch die Stube schleifen, das helfe über alle Mixturen.

Mit fallendem Schnee überfiel ihn die Gicht heftiger als je und nistete sich diesmal im ganzen Körper ein. Oft wenn er sich unter ihren Zangen wie auf einem Marterbrett wand, fragte er bebend, ob Amstalden bei der peinlichen Frag im Reußturm wohl so schwer gelitten. Er ließ das Bett immer wieder anders rücken, zügelte bald ans Fenster gegen den Brünig, bald an jenes gegen den Sarnersee und Pilatus, bald wieder gegenüber dem schroffen Giswylerstock und fühlte sich jedesmal eine Viertelstunde lang leichter, dann aber doppelt bedrückt. Einst, da die Knechte im Holz arbeiteten und seine Regine weiß Gott mit welchem Wind marschierte, dünkte er sich besonders arm und einsam. Da trat ihm wie von ungefähr der sterbende Leutnant Götschi im Murtener Ried vor die Seele und mehr noch der plump danebenstehende Gert Mösli, dem alle Muskeln vor Helflust zitterten und der doch nicht zuzugreifen wußte. Über den Gotthard war er jüngst treulich mitgekommen, ohne daß Bürgler viel Notiz von ihm genommen hätte. Jetzt aber wollte ihm das schöne, graue, mitleidvolle Auge jenes Menschen, der wie ein stummer und lahmer Engel, aber doch wie ein Engel dastand, nicht mehr aus dem Kopf. Und in so wunderlicher Laune erbat er sich denn wirklich diesen Gert zum Handknecht, da er doch immer dem Vater daheim die unrechten Glocken läute und die unrechten Kerzen anzünde und auch ganz ungerechte Ohrfeigen einstecken müsse.

Denn er war im Grunde nicht dumm noch böse, das sah man schon am ersten Tag, dieser kindesäugige, tief ins Gesicht behaarte Bursche mit den dicken Lippen und der schweren, aber so klangvollen Zunge. So wenig Lärm er machte, das ganze Haus bekam durch ihn einen andern Klang und eine andere Farbe. Denn mit ihm kam zum erstenmal Herz in die Wohnung hinein. Bisher hatte es da nur Kopf und Hände und Füßezappeln gegeben. Die rauhe Regine war nach kurzem auf Leben und Tod in den krausen Ungeschlacht verschossen. Der machte sich aber gar nichts daraus und schien die graue Katze lieber vom Herd auf seine Knie zu nehmen und unter dem Hals zu krauen, bis sie zufrieden spulte, als der reichen Landammannstochter das Händchen anzunehmen, wenn sie es zwetschenblau vor Frost hinhielt und bettelte: »Du hast immer so warme Hosensäcke, bitt' schön, steck' mir die Hand hinein!«

Vielleicht aus dem Hosensack dieses Vierschröters ging nach und nach die Wärme durchs Haus und über Tisch und Bett auch ins Herz des Landammanns Bürgler.

Der 24. Wintermond rückte zum siebtenmal seit jenem ersten roten Datum heran. Bürgler fürchtete ihn. Dann war ihm in keinem Schuh und auf keinem Sessel wohl. Am Vorabend voll Schnee und Nebel, da ihm besonders unpaß zumute war, fragte er plötzlich zum Tisch hinüber, wo Gert Kartoffeln schnetzelte, was der Knecht wohl täte, um sich einen großen Kummer vom Hals zu schaffen.

Der bärtige Bursche rutschte hin und her auf der Fensterbank, gähnte mit dreißig prachtvollen Zähnen und sagte endlich im tiefsten Baß: »Pfeifen!«

Wider Willen mußte Bürgler lachen: »So billig geht das bei einem Knecht vielleicht. Bei einem Landammann sicher nicht! Ich hab' zu Martini die Sagimatt verkauft und mit dem Erlös eine Kaplanei im Großteil gestiftet, damit die durch Ried und Halden verstreuten müden Hirtenleut dort auch ihrerseits einen Hirten nah haben, wenn sie etwa bockbeinig und ungerad gewesen oder auf dreckigen Wegen geirrt sind. . . . Nützt halt doch nichts!«

»Pfeifen, lieber pfeifen!«

»Pfeif, Trottel, wenn du bei fünfzig Jahren schon mit leeren Kinnladen wackelst. Aber recht hast, die Stiftung, wegen der mich alle sieben Pfarrer und der Bischof von Konstanz gesegnet haben, schafft mir keine Unze helleres Blut. Und kein Weihwasser und kein Rosenkranz! Auch nicht der Vinzenz Vonah, dem ich schon zweimal die Wallfahrt nach Einsiedeln gezahlt hab'. Nichts hilft, schwarz seh' ich's kommen und schwarz geht es hinter mir. . . . Was machen, Herr Jesses, was machen?«

»Dem Dokter . . .«

»Der Medikus für das? Für so was. Und ein Luzerner ist er dazu. So tu doch 's Maul auf, wenn du mir raten willst!«

»Dem . . . Dokter . . . pfeifen . . .«, stückelte der große Kerl mühsam hervor. »Dem Dokter im Ranft . . .«

Heinrich Bürgler knickte bei diesem Namen zusammen. »Zum Bruder Klaus? Warum pfeifen . . . du Esel . . .?«

»Vater«, tadelte Regine, die wie in einem flinken Zauber gelernt hatte, nun stundenlang ruhig neben Gert zu sitzen und geduldig Stich für Stich die groben Kittel der Knechte zu flicken, »Vater, nehmt das zurück! Unser Gert ist gescheit, viel, viel gescheiter als wir, das weiß ich.«

»Du Dumme!« schimpfte Gert böse zum Mädchen.»Was hast denn immer gegen mich?«

»Erklär jetzt dem Vater«, bat sie nun viel scheuer.

Der Knecht klob verlegen am Ohrläppchen, hustete und zerrte dann fetzenweise und doch wie in tiefem Singen hervor:»Der Bruder wird lästig heimgesucht, wisset... von allerlei Volk... auch wunderfixigem.... Oft muß ich von Sachseln herauf den Weg zeigen... da plappern sie viel und fragen... und bald hab' ich los, wess' Art sie sind.... So, ja so... hat mir halt der Bruder Klaus befohlen, wenn es nur Leut voll Kuriosität sind... oben am Waldli, wo der Hag aufhört... ferm zu pfeifen.... Dann hat er noch Zeit, in die Föhren zu rennen.... Ein Pfiff heißt: Lauf...'s sind glotzig Leut!... Zwei Pfiff' sagt: Weiß nit recht, ist's eben oder uneben Volk.... Aber drei Pfiff': Bleib, Dokter... haben dich nötig...«

Gert schnaufte schwer. Zündelrot waren seine Ohren.

»Wie oft willst du mir also pfeifen?« fragte Bürgler argwöhnisch.

»Dreimal!« sagten Gert und Regine in einem Klang. Betroffen sahen sie sich an. Daß sie oft das gleiche dachten, wußten sie. Aber hervorgesprudelt das gleiche im selben Atem und Wort, das war neu und von Bedeutung. Regine freute sich unbändig.

»Pfeif siebenmal, mich doktert er doch nicht mehr ins Blei.«

»'s gibt kein Gebresten, dem er nicht Meister wird, auch Eures nicht«, plumpsackte der Bursche gewaltig hervor. Jedes Wort klotzte wie ein Stein durch die Stube.

Heinrich Bürgler kniff die Augen in einen schmalen Schlitz, wie immer, wenn er Widriges überdachte. Ihm summte und zappelte es im Gehirn von hundert und hundert Nein. Gar nicht helfen konnte der Doktor im Ranft. Für sein Leben gab es nur eine Arznei. Die würde er ihm verschreiben, aber just die schmeckt so mordsbitter, daß er am ersten Löffel verdürbe.

Regine stupste den Kamerad unter dem Tisch so lange, bis Gert verstand und mit seiner wohltuenden, tiefklingenden Langsamkeit weiterspann:»Gegen Eure Gicht kann er vielleicht nicht viel...

aber für das unterm Latz...« Er stockte und schlug an die Brust: »Ihr, Bürgler ... soll ich pfeifen ...?«

»So schweig doch, Laffe, bis ich frage!« Der Landammann, fahl und zerfallen in seinen Decken, sann weiter: Es gibt keine Arznei, als vor die Eidgenossen treten und beichten: Ich, Heini Bürgler, bin ein Letzkopf und hab' den Dampf in mir gehabt, die Bauern über die Herren zu setzen. Da hab' ich denn unsauber im Volk gewühlt, hab' die Entlebucher schlau aus Band und Ordnung locken wollen ... hab' den geköpften Vetter auf dem Gewissen und den Meineid auf der Sagimatt. Das ist das Schlimmste. Da, Luzerner, kettet mich ins Schiff wie einen tollen Hund und rudert zum Wasserturm und foltert und köpfet den Sünder! ... Tot mach' ich mein' Ehr', so machet geschwind auch noch tot mein Übriges und Unnützes! ... Ha, wie werden die am Rhyn und Sonnenberg und Hasfurter lachen! ...

Nochmals knuffte Regine den Blöderich in die Seite, und der orgelte so holperig und doch so feierlich seine Weisheit fertig:

»'s ist doch kein so groß Stück, zu sagen: Meine Schuld! ... Wer hat keine? Wollen wir pfeifen, Bürgler?«

»Hab Ruh, Kerl«, schrie der Kranke wie im Krampf, »hab in Gottes Namen Ruh!« ... Wahrlich, versuchte er sich zu trösten, so groß mein Fall ist, das kann ich sagen, ich sündigte für andere. Daß die Bauern freier, daß Obwalden mächtiger würde ... Heini, nur für das? ... Wollte ich etwa nichts für mich? Wollte ich etwa gar kleiner werden, daß andere wüchsen? ... Etwa nicht der reichste und mächtigste Bauer im Land werden, ein König in Holzschuhen? ... nach dem Herrentöter selber Herr! ... Ei, wie sauber! ... Und gemerkt hab' ich das Schiefe daran, wie eine Katze ihre Unart weiß. Drum ging ich so heimlich zu Werk, immer leis und mit geschlitztem Aug', immer mit halbem Ja und halbem Nein, mit Umweg und Hintertürlein. ... Wäre das Ziel gut gewesen, nun ja! Aber wie viel Geschmier und Fuchsigkeit unterwegs! ... Ist aber das Ziel auch noch verlogen – Herr, du mein Trost! ...

»Pfeifen, Heinrich Bürgler, pfeifen!« Und der Krauskopf schob lachend zwei Finger in den Mund und ließ ein, zwei, drei Pfiffe entfahren, daß die Katze gebuckelt unter den Ofen entfloh, der Hund aber zur Türe sprang, heillos bellte und gleichsam begehrte, daß man sie zu etwas Großem öffne.

Wie ein Adlerpfiff hoch in den Alpen plötzlich ins Gehock der Dohlen blitzt, daß die schwarzen, dunkelmausigen Vögel nach allen Winden zerstieben, so wirkte Gerts Signal in der dumpfen Winterstube ein wahres Wunder. Die letzten Bedenken zerrissen. Bürgler löste die krummen Finger aus den Kissen, wischte den Schweiß von der Stirne und sagte einfach: »Also fahren wir morgen früh zu Bruder Klausen. Spann die Else an den Schlitten! Sie zieht langsam und schonlich, wie ich's brauche.«

Man trug ihn zu Bett. Er redete die ganze Nacht mit seinen Gedanken wie in einer Landsgemeinde und schlief erst gen Morgen ordentlich ein. Als ginge es zur Hinrichtung, so elend sah er aus, da ihn der stämmige Gert in die Decken des Holzschlittens steckte und den Schirm darüberzog. Peter Amstalden hatte exakt am selben Morgen vor sieben Jahren rote Backen und den unverwüstlichen Geruch von Entlebucherkäse und Entlebucherhumor aufs Schafott getragen. Doch Bürgler hatte nur einen Lindentee getrunken, fror und schauderte und focht aufs neue mit seinem Gewissen. Wo ein Seitenweg aus der Straße floh, rief er feige: »Gert, bieg ab, 's ist besser!« . . . Aber Gert knallte und pfiff lustig in den Morgen hinein, und weiter glitt das Gefährte.

Es ging an der Sagimatt vorbei. Den Landammann kam ein Schwindel an. Wuchs da noch Gras auf dem Meineidsplatz? . . . Gottlob, alles war von weißem, duftigem Schnee bedeckt. Läg' ich doch auch so säuberlich darunter! . . .

»Gert«, raffte er sich einmal auf, »was dünkt dich das Schlimmere: in Stulp und Samt oder im Zwilch auf andern herumstolzieren?« . . . Gert hielt den Schlitten an, sonst konnte er nicht richtig überlegen. »'s ist eineweg der gleiche Dreck!« platzte er heraus. »Hü, Else!«

Verschüchtert schwieg Bürgler. Endlich fragte er ein Zweites: »Und das, wie eine Katze so nach und nach zur Gewalt schleichen oder mit einem Satz wie eine Herrendogge dreinbeißen . . . was meinst?«

Gert hielt nochmals an, zerrte am Ohr und sagte unwirsch: »Sollen einander meinethalb fressen!«

»Sie tun's auch«, lächelte Bürgler bitter.

An der Schenke des Leo Anderhalden zu Eiwyl, eines alten Bekannten, der dem Landammann freilich noch einen Martinizins schuldete, mußte man ein wenig rasten. Bürgler fühlte sich mordsschlecht vom Gerüttel und versuchte einen Löffel Milchsuppe. Dabei hörte er doch in all sein Elend hinein, wie ein hochgestiefelter Händler unter der Scheune neben einem schönen viermonatigen Kalb im verhaßten Luzerner Dialekt feilschte und drohte: »Dreißig Pfund, Gevatter, und keinen Angster mehr!«

Mit seiner alten geschäftlichen Fuchsigkeit durchsah Bürgler sogleich den Fall. Er streichelte behaglich und im Innersten durchwärmt das herbeigelockte Tier mit dem hübschen Unschuldsfleck zwischen dem weichen Gehörn und bot kaum hörbar: »Zweiunddreißig, Leo, zweiunddreißig!«

Der Luzerner fuhr auf. »Dreiunddreißig denn also! zum letzten!«

»Vierunddreißig«, lispelte Heinrich Bürgler.

»Seid Ihr bei Sinnen?«

»Glaub' wohl!«

»Fünfunddreißig«, schlug der Makler verzweifelt vor.

Nun hat's die Höhe, rechnete Bürgler. Aber das Tier soll nicht in die Luzerner Metzget: »Vier Gulden.«

»Abgemacht!«

Der Schlitten wackelte weiter im immer untiefern und flotschigen Schnee. Gert mußte den Schirm wieder herunterklappen. Bürgler warf den Kopf hintenüber und stierte in den weißlichen Winterhimmel. Bei aller Sterbensschwäche tat es ihm doch sauwohl, daß er Luzern noch eins hatte übers Ohr hauen können. Und wenn er bald mit Bruder Klaus betet und der ihm fürsteht, so daß er vor aller Welt bekennen darf, was seine schwarze Schuld ist, und dann aber, daß die gesamte biderbe Eidgenossenschaft auch lauter sieht, was der Herren Junker ebenso schwarze Schuld ist, am Amstalden und an tausend kleinen unbekannten Amstalden und an allen, die Brüder sein möchten und nicht dürfen . . . ha, haut er da dem Luzerner nicht noch einmal und am schwungvollsten übers Ohr?

Halb schlafend zählt er die rundlichen, weißen Schneewolken am Berghimmel. Wie langsam kutschiert man! »Flinker, Gert, flinker!«

Der meint den Theodor Götschi zu hören. Jetzt gilt's. Aber er kann nicht pressieren. Der Else war das eine Hufeisen etwas locker.

Dem Bürgler wird angst. Da ist der Schwarze im Spiel. Der Gaul hinkt immer langsamer. »Pfeif, Gert, um Ehr' und Seligkeit, pfeif!«

Wie gern tut er's. Es schnellt auf und hallt lustig über das tote Gelände, und wahrhaft, die Else klappert munterer davon. Da stutzt sie auf einmal und bockt vor dem Ettisrieder Bach. Die Bretter der Brücke sind vor Nässe faul und hangen bedenklich ins Bett hinunter. Die ganze Fuhre kann da wie auch schon in die Tiefe krachen. Man verlöre einen halben Tag und vielleicht seine paar Knochen dabei.

Landammann Bürgler graust es. Alles andere hat er gefürchtet, nur den Teufel nicht. Jetzt fürchtet er nichts mehr als den Teufel. »Der Unsaubere ist's«, schreit er, »der ewige Leidwerker und Fürchtemacher. Pfeif, Gert, und hinüber auf Tod und Leben, oder wir sind zu spät!«

Das war ein Pfiff. Nie hat man solchen Schall gehört. Von allen Bergen klang es zurück, und rasch und leicht wie die Sohle eines Engels schwebte der Schlitten des Sterbenden über den Abgrund.

Man näherte sich Sachseln. Ab und zu gingen jetzt unbekannte Leute am Schlitten vorbei, winkten, wollten das Pferd anhalten, plaudern. Aber Gert pfiff, daß sie mit verhaltenen Ohren davonstürzten. Doch vor dem Dorf, wen sah da Bürgler mit Stab und Holzsandalen auf ihn zustreben? War das nicht der Eremit und lächelte und kanzelte ihn liebenswürdig ab: »Genug, Vetter, ich weiß, was du willst! Aber schau, du bist übel krank. Das Fieber hat dich zum Narren gemacht. Sünder sind wir alle, du nicht mehr als ich und meinesgleichen. Geh heim und werd' gesund! Dann komm wieder, und alles löst sich wie ein Spaß . . . Hör!« . . .

Dem Bürgler sträubte es das wenige Haar. Er riß Gert am Ärmel, zeigte ins Weiße der Straße hinaus und röchelte: »Peitsch . . . das Luder . . . pfeifen . . . pfeifen . . .«

Jetzt rannte der Schlitten unter Knallen und Pfeifen das Dorf hinauf. Das musizierte wie von tausend Adlern, jubelte an den Sachslerbergen empor und in den Ranft hinunter und füllte die Klause des Bruders. Während man dann am Gasthof zum Kreuz eine Leiche mit gerümpfter Stirne und zum Pfeifen gespitzten Lippen, aber einer schlauen, triumphierenden Verklärtheit ums Auge aus dem Schlitten lud, und während Gert zum Turm sprang und die Totenglocke läuten wollte, aber sich versah und das Taufglöcklein zog, bis der alte Sigrist daherhumpelte und ihm eine letzte Ohrfeige salzte, währenddem nahm der Bruder Klaus das Messer vor und vermochte mit drei, vier Hieben die Kröte fix und fertig zu schnitzen, indem er ihr obendrein noch ein wertloses Rattenschwänzchen zugab. Dann lugte der Schalk zum Fenster in den lautlosen Schneewald hinaus und spaßte: »Herre Fürchtemacher, seid einmal so gut und sehet nach, ob dies Konterfei da stimmt! Wenn ja, so helft mir mal ein Fröhliches zusammenlachen, wie's seinerzeit, als Ihr noch Hasen und Füchse jagtet, ausbedungen war.« Aber es knackte kein Zweig, bis um Vesper der Sigristensohn in die Zelle rumpelte und sagte: »Der Landammann Bürgler ist selig verstorben . . . und seine Regin', das verflixte Meitli . . . chch . . . chch . . . soll ich sie heiraten . . . sagt . . . wo ich doch nicht einmal die rechten Kerzen anzünd' . . .?«

»So üb' dich noch ein wenig«, ermunterte Bruder Klaus lustig. »Dann heirat unerschrocken! Und für die alte Kerze, die heut erloschen ist, zündet ein paar junge, heiße für unser liebes Ländlein an, daß es immer hell und warm genug hat! Knie nieder, ich will dich segnen.«

## Über tredition

### Eigenes Buch veröffentlichen

tredition wurde 2006 in Hamburg gegründet und hat seither mehrere tausend Buchtitel veröffentlicht. Autoren veröffentlichen in wenigen leichten Schritten gedruckte Bücher, e-Books und audio-Books. tredition hat das Ziel, die beste und fairste Veröffentlichungsmöglichkeit für Autoren zu bieten.

tredition wurde mit der Erkenntnis gegründet, dass nur etwa jedes 200. bei Verlagen eingereichte Manuskript veröffentlicht wird. Dabei hat jedes Buch seinen Markt, also seine Leser. tredition sorgt dafür, dass für jedes Buch die Leserschaft auch erreicht wird.

Im einzigartigen Literatur-Netzwerk von tredition bieten zahlreiche Literatur-Partner (das sind Lektoren, Übersetzer, Hörbuchsprecher und Illustratoren) ihre Dienstleistung an, um Manuskripte zu verbessern oder die Vielfalt zu erhöhen. Autoren vereinbaren direkt mit den Literatur-Partnern die Konditionen ihrer Zusammenarbeit und partizipieren gemeinsam am Erfolg des Buches.

Das gesamte Verlagsprogramm von tredition ist bei allen stationären Buchhandlungen und Online-Buchhändlern wie z. B. Amazon erhältlich. e-Books stehen bei den führenden Online-Portalen (z. B. iBookstore von Apple oder Kindle von Amazon) zum Verkauf.

Einfach leicht ein Buch veröffentlichen: **www.tredition.de**

## Eigene Buchreihe oder eigenen Verlag gründen

Seit 2009 bietet tredition sein Verlagskonzept auch als sogenanntes "White-Label" an. Das bedeutet, dass andere Unternehmen, Institutionen und Personen risikofrei und unkompliziert selbst zum Herausgeber von Büchern und Buchreihen unter eigener Marke werden können. tredition übernimmt dabei das komplette Herstellungs- und Distributionsrisiko.

Zahlreiche Zeitschriften-, Zeitungs- und Buchverlage, Universitäten, Forschungseinrichtungen u.v.m. nutzen diese Dienstleistung von tredition, um unter eigener Marke ohne Risiko Bücher zu verlegen.

Alle Informationen im Internet: **www.tredition.de/fuer-verlage**

tredition wurde mit mehreren Innovationspreisen ausgezeichnet, u. a. mit dem Webfuture Award und dem Innovationspreis der Buch Digitale.

tredition ist Mitglied im Börsenverein des Deutschen Buchhandels.

## Dieses Werk elektronisch lesen

Dieses Werk ist Teil der Gutenberg-DE Edition DVD. Diese enthält das komplette Archiv des Projekt Gutenberg-DE. Die DVD ist im Internet erhältlich auf **http://gutenbergshop.abc.de**

Zeitfracht Medien GmbH
Ferdinand-Jühlke-Straße 7
99095 Erfurt, Deutschland
produktsicherheit@kolibri360.de